A vida como ela era

Retratos da pandemia

Dados Internacionais de Catalogação na Publicação (CIP)

Albergaria, Lino de
A vida como ela era / Lino de Albergaria. —
1. ed. — Belo Horizonte : Quixote+Do, 2021.
ISBN 978-65-86942-14-9
1. Ficção brasileira 2. Pandemia I. Título.
21-61272 CDD-B869.3

Maria Alice Ferreira - Bibliotecária - CRB-8/7964

Revisão Luiz Morando
Supervisão Alencar Fráguas Perdigão
Coordenação editorial Luciana Fonseca Tanure de Castro
Assistência editorial Jasmin Paixão, João Camilo Torres, Sofia Rossi
Capa, projeto gráfico e diagramação Caroline Gischewski
Comunicação Claudia Brandão
Comercial Cláudia Masini Tonioni
Tecnologia de informação Alessandro Guerra

QUIXOTE+DO EDITORAS ASSOCIADAS
WWW.QUIXOTE-DO.COM.BR

A vida como ela era

Retratos da pandemia

Lino de Albergaria

(Dezembro 2020 – Janeiro 2021)

EDITORAS ASSOCIADAS

O mundo é a casa errada do homem. Um simples resfriado que a gente tem, um golpe de ar provam que o mundo é um péssimo anfitrião. O mundo não quer nada com o homem, daí as chuvas, o calor, as enchentes e toda sorte de problemas que o homem encontra para a sua acomodação, que, aliás, nunca se verificou. O homem deveria ter nascido no Paraíso.

Nelson Rodrigues

Vasos e vinho 11

O vestido no armário 13

Bronzeamento 17

A conjunção 21

Máscara negra 25

A árvore de Natal 29

Hilário 33

A mulher do condomínio 37

A taróloga 41

Em casa 45

As chaves 49

Clandestino 53

Lua Cheia 57

Granizo 61

A voz do destino 65

Olho vivo 69

Pegadas 71

A mulher no velório 75

Madrasta 79

De volta 83

A carona 85

Recomeço 89

A mãe 93

Piração 97

Máscara roxa 99

Aconteceu 103

O churrasco 105

Sufoco 109

Lágrimas 113

A marca na parede 117

Viagra 121

Os pombos 125

O enforcado 129

Um ninho 133

Sobre o autor 137

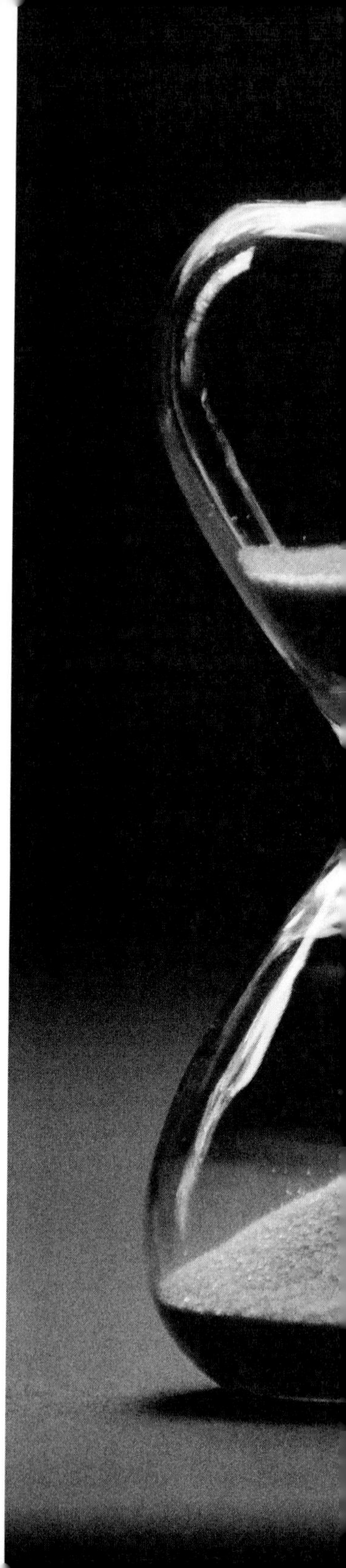

Vasos e vinho

Sobrou um vaso, a planta começando a perder o viço. Última recordação, na varanda nua, dos acontecimentos recentes na cobertura do prédio ao lado.

A mulher veio sozinha há uns dois anos. Cercou o lugar de plantas. Nenhuma comum, todas bem vistosas, cuidadosamente escolhidas. Apenas folhagens, excluiu as flores. Imaginei que era paisagista.

Via às vezes deambulando pelo apartamento duplex outra mulher, usando seu uniforme de doméstica. A patroa surgia nos finais de semana entre os arbustos da varanda, recebendo amigos e servindo vinho num decanter.

Veio a pandemia, e ela logo aumentou o número de convidados. Chegou a contratar um garçom, que, tanto quanto ela e os amigos, nunca usou máscara. A festa intermitente criou uma ilha agitada e à beira do descontrole no topo daquele prédio.

O vinho subia junto com as vozes, sobretudo a da anfitriã. O barulho, competindo com a música alta, atravessava a madrugada. Ouvidos dos vizinhos nunca foram considerados.

As reclamações, depois do apelo à polícia, finalmente fizeram efeito, e as animadíssimas reuniões passaram a acabar antes da meia-noite.

Acreditei que, habituada a frequentar restaurantes e bares, ela os trouxe para sua varanda aberta, espalhando pela vizinhança, amedrontada e confinada pelo vírus, a intensidade de uma alegria desvairada. Rito espalhafatoso para celebrar a vida, desconsiderando a morte.

Quando os bares reabriram, ela não recebeu mais ninguém. Ontem, minha surpresa. Homens de macacão cinzento enchiam caixas com as coisas da casa. Hoje, percebo o vaso que ficou para trás. A planta, sua cor se apagando, destinada a morrer de sede.

A moradora, empresária até então de sucesso, não conseguiu honrar as despesas. Vítima do distanciamento social que arruinou seu negócio, não teve como manter a cobertura e os fins de semana de vinho, gritos e embriaguez. Seu jeito de demonstrar o quanto era feliz.

O vestido no armário

O vestido não continuaria no armário. Tinha como ser oferecido e vendido pela internet. Comprado *on-line* em Barcelona, como faziam noivas antenadas. De repente grávida, Renata se despedia, a contragosto, da festa de casamento, cancelada por obra da epidemia.

Tudo foi cortado, a festa no resort em Tiradentes, o bufê, o bolo espetacular, a decoração de rosas importadas. Tudo tão bem planejado, sonhado, curtido. O pai disposto a esgotar as economias de um servidor público. Pela alegria da filha única.

Foi Lulude, a madrasta, quem descobriu como se desfazer do vestido, adquirido no mesmo site em que Aline encomendou o dela.

Aline sabia das coisas, Renata não tinha dúvida. Pelo menos os vestidos viriam da mesma fonte, já que Hilário não tinha como pagar a cerimônia em Cancun, como fez sem problemas o pai da amiga, dono de uma conhecida rede de lojas.

Ela não foi a Cancun. E não só porque a amiga não a chamou para dama. Tinha de poupar para o próprio casamento. O hotel em Tiradentes era disputado. Vinham noivas do Rio e de São Paulo, mas a cidade histórica era relativamente perto para seus convidados.

Adorou ser dama de Maria Eduarda, apenas um ano antes. Pouco conhecia o Rio, mas a amiga tinha família por lá. Achou um sonho a festa no Copacabana Palace, mas Aline, também dama, criticou muito. O bairro era decadente, festas no hotel já não tinham o mesmo impacto.

Então foi aquele vexame. O mundo preso em casa. Isolamento compulsório. Tiveram de desmarcar a cerimônia, os convites impressos e os músicos apalavrados. Alguns fornecedores já nem tinham como cumprir os contratos. Era o caso da decoração. A responsável quebrou bonito. Diziam que teve até de abandonar sua cobertura.

Mas o apartamento dela e de Joel estava mobiliado, o aluguel correndo. Joel insistiu no civil. Num cartório sem nenhuma graça. Só as famílias, todos de máscaras, noivos incluídos.

A barriga tinha começado a crescer. Por que caiu na conversa do noivo, marido repentino, para dispensarem o preservativo?

Tanto gostaria de se casar na capela em Tiradentes, poder usar a roupa que veio de tão longe. Era só ter esperado e remarcar a festa para depois da pandemia e da vacina. Tinham até reservas pendentes no resort.

Tão difícil se despedir do vestido que nunca usaria. Sua mãe discordaria de Lulude. Mas há muito ela não estava perto da filha. A madrasta era madrasta e disse a verdade incontestável.

— Melhor vender rapidinho. Poucas noivas ainda querem esse estilista de Barcelona. O tempo dele já está passando.

Bronzeamento

A primeira vez que uma mulher o excitou, no início da adolescência, foi uma das mulatas do Sargentelli. O cara era conhecido na televisão quando passou a comandar shows de samba em grandes churrascarias, com muitas mulatas se exibindo de plumas e biquínis.

Hoje é quase um crime falar mulata. A palavra deriva de mula, um animal resultante do cruzamento pouco cotado entre asininos e equinos, famoso pela teimosia e pouca inteligência. E o que se valorizava naquelas dançarinas era o bumbum, louvado e brindado como preferência nacional.

A divulgação dos predicados das garotas de Sargentelli corria mundo, no auge da ditadura. Os gringos vinham conferir, e ninguém usava a expressão turismo sexual.

Todas as mulheres de pele escura agora devem ser consideradas negras, ou pelo menos pardas, termo de que ele não conhecia a origem, mas desprovido de qualquer sensualidade.

Mulata dava água na boca, a cor da pele nem clara nem tão escura, como aquela de sua primeira noite num quartinho de empregada. Empregadas (também não se deve mais dizer a palavra, embora elas continuem à nossa volta) não tinham doenças como as meninas da zona. Algumas eram fáceis, gostavam de sexo e não cobravam dos estudantes sem grana.

Então, na laje ao lado, reabriram a Katiúscia Bronzeamento. Katiúscia era a dona. Mulata como a maioria de suas clientes. Quer dizer, parda. Nenhuma daquelas mulheres que se deitavam nas espreguiçadeiras tinha pele preta.

Antes, a laje lotava, dava fila de espera. Nesta reabertura só vieram três. Já deitadas e com a fita isolante imitando um biquíni. O objetivo era a marquinha mais clara em pontos estratégicos do corpo. Deve ter quem curte essas marcas. Mas ele só esperava o momento em que a primeira virasse de bruços.

Disfarçado, claro, atrás da cortina, queria ter sua visão favorita. Enquanto não acontecia, pensava como Katiúscia se virava para sobreviver nos dias piores da quarentena. Teria conseguido a salvadora ajuda emergencial?

Embora não fosse o caso dela, uma microempresária, pensou nas putas. Teriam direito à ajuda do governo? Ainda teriam clientes? Ele é que não se arriscaria.

Talvez estivesse se acostumando à solidão. Já vivia sozinho desde que acabou precocemente seu casamento. Seu único irmão, Hilário, é quem se casou duas vezes. Não se viam há meses. Pouco se falaram pelo telefone. Numa dessas breves conversas, declinou do convite para o casamento da sobrinha em plena pandemia.

Aposentado, ultimamente só via sua diarista, velha, sem nenhum atrativo. Não a dispensou porque precisavam um do outro. Ela tinha perdido outras faxinas. Ele não queria pensar no que se passava no ônibus lotado que ela tomava. Ela o tranquilizava, dizendo que os passageiros tinham de usar máscara e ela carregava seu frasco de álcool em gel.

Foi quando viu uma estranha figura, novidade na laje. Com uniforme de doméstica, usava um regador de plantas para refrescar os corpos quentes do sol.

Finalmente, uma a uma, foram se virando e mostrando o bumbum. Ele refletiu que há meses não pensava em sexo. Agora pensava, mas o corpo não reagiu. Sem sinal nenhum de tesão, ele se viu indelevelmente velho.

A conjunção

Ela se esquecia de coisas importantes. Da última vez que foi ao supermercado não se lembrou do álcool em gel. Mas veio carregada de papel higiênico porque as pessoas estavam enchendo daqueles fardos os seus carrinhos. Nem precisava.

Mas era determinada. Acreditava que só ia pôr o pé na rua quando viesse a vacina. Mesmo porque nem tinha máscara ainda. Parecia tão desconfortável. Daria conta de respirar por trás daquilo? Já estava com a mão ficando enrugada de tanto se lavar com o sabonete, as toalhas sempre úmidas.

Pelo interfone, o filho de uma vizinha se ofereceu para fazer compras para ela. Pediu que ele fosse ao sacolão e à farmácia. O garoto voltou com uma embalagem de álcool tão pequena, dessas de guardar na bolsa. A única que achou. E umas frutas horrorosas. As bananas, além de verdes, eram nanicas, que ela nem comia. Acabou dispensando a ajuda.

De útil só vieram as duas máscaras, que ela guardou numa gaveta, ainda dentro do plástico. Iam servir se tivesse muita necessidade de deixar o prédio.

Não voltaria mais ao restaurante a quilo. Tinha de cozinhar para ela mesma. Nunca foi uma boa cozinheira. Já não aguentava macarrão com salsicha.

Foi salva pelo interfone. Rivaldo, o porteiro com nome de um antigo jogador da seleção, falou das quentinhas. Ele mesmo almoçava daquele jeito.

Mas, para ela, era um problema. Tinha de pedir pelo celular, que mal usava. Pelo *zapzap*, como ele falava. Mas não devia ser o nome certo. Ela tinha ouvido algo como *what´s up*. Em inglês. Devia escrever assim, achou.

O rapaz, que antes lhe parecia meio insolente, teve tempo e paciência para lhe dar lições pelo interfone. Ela mandou o aparelho pelo elevador para ele instalar o aplicativo.

Ela passou um paninho com álcool na tela e depois penou para escrever naquele teclado desobediente, que mudava as palavras que digitava.

Quase se desesperou. Por que tinha de ser atropelada pelo mundo? Como se não bastasse a prisão em casa.

Aos trancos e barrancos, conseguia escolher o cardápio. Uma ou outra vez veio o que não pediu. Deve ter feito algo errado e sem querer. Mas a comida dava para ela dividir. Metade ficava para a janta. Só precisava lavar o prato e os talheres.

E ficava na janela muito tempo. Olhando a rua, os carros passando, gente passeando com seus cachorros. Atletas correndo, com ou sem máscara. Então o céu ia mudando de cor e de luz. As estrelas apareciam.

Sabia que o celular tinha uma câmera fotográfica. Identificou o símbolo, sem precisar perguntar ao Rivaldo. Sozinha, fez a câmera funcionar. Não era nada difícil.

Nas primeiras vezes, apareciam também seus dedos, pedaços de sua mão. Mas foi treinando. Queria captar o pôr do sol. Conseguiu e achou linda sua foto.

No Natal não iria ter quentinha. Não seria um problema. Tinha muita sobra na geladeira. Não se importaria de ter um mexido na ceia.

Pela televisão ouviu falar de uma conjunção de dois planetas. Disseram que seria a Estrela de Belém. Passou a acompanhar o trajeto das estrelas maiores. Só podiam ser aquelas.

E se pôs a postos para enquadrar a Estrela de Belém.

Máscara negra

— O babaca acabou de sair com a mulher.

O Rivaldo só chamava o homem de babaca. Era o marido da mulher mais linda do prédio.

— E saíram levando a bandeira.

O porteiro achava o sujeito um idiota total. Tinha ido se juntar a uma carreata contra a vacinação obrigatória. Para Rivaldo, era ridículo quem usava a camisa da seleção para se manifestar.

— Não sabem que dá azar?

Ele era do tempo da Copa no Brasil, da derrota humilhante, os tais sete a um. O garoto com quem falava era pequeno na época, mal lembrava. Como costumam dizer, não passava de um moleque. E esta é uma palavra de que o menino não gosta.

Aquele cara, o babaca, tinha gritado com ele, quando o surpreendeu olhando as pernas dela num dia em que o casal saía de bicicleta:

— Para de olhar as pernas de minha mulher, moleque!

Não reagiu, só porque ela voltou o rosto para ele. O marido estava sem máscara, mas ela usava uma preta, praticamente igual à do garoto. Achou que ela abriu um sorriso que ele não podia ver. Mas, com certeza, olhou lá dentro de seus olhos.

Quando foi para seu andar, pensou no que o porteiro falou da velhinha da janela. Sabia que é mais correto dizer senhorinha, mas simpatizava com a palavra velhinha.

— Você teve sorte que ela não pegou no seu pé. Ô mulher preguiçosa!

Era preguiçosa, segundo o Rivaldo, porque não gostava de cozinhar. E muito menos de gastar dinheiro. Comprava marmita, no mesmo lugar que ele. O garoto tinha tentado fazer umas compras para ela, só que a vizinha não se interessou em continuar.

Teve vontade de arrancar a máscara no elevador, mas se conteve. Sabia que dificilmente pegaria o vírus. Podia transmitir, em compensação. Principalmente para os velhos e os gordos. Desconfiava que era por isso que a escola tinha vindo parar no seu laptop. Os professores deviam ter medo do contato com os alunos. E alguns não tinham nenhum cuidado.

Ele mesmo não tinha no começo. Adorava ir para a rua, mas escondia a máscara que sua mãe costurou. O pedaço de um vestido velho de bolinhas. Até que comprou a outra no supermercado. Quando circulava com ela, podia se sentir um bandido de velhos filmes, outras vezes um desses heróis vingadores.

Bem que queria dar uma bela surra no babacão. Não entendia sair buzinando contra a vacina. Se não quer se vacinar, não vacina. Mas parece que querem que seja obrigatória. Não sabia mais o que achar.

Tudo ficou muito confuso desde algum tempo. As pessoas adoram discutir e brigam até pelo uso das palavras.

Os velhos ficaram proibidos de ser mencionados, do mesmo jeito que os gordos. Outra palavra de que não gosta é obeso. Esta pode, idoso também. Por enquanto, dizia seu pai, que o alertou para a moda de censurar as palavras.

Não tirou a máscara no elevador em consideração aos vizinhos. Mas em casa, podia. A mãe estaria lá, fazendo seu trabalho à distância. Nem ele nem ela de máscara. Ficar ali sentada não está sendo bom para ela. Parece que ganha um quilo por semana.

Continua ao telefone, ouvindo as queixas dos clientes. Deve ser por isso que engorda. De tanto ter de driblar as reclamações. Ela acha que na maior parte as queixas procedem.

Hora de se esconder no quarto. A mãe mal percebeu que ele entrou. Desceu toda a persiana. Talvez consiga dormir, mas antes ia sonhar acordado.

A vizinha linda abre devagar a porta e entra em silêncio. Sobe na cama, tira a máscara e lhe dá o primeiro beijo.

A árvore de Natal

Para proteger a família, resolveu fazer a ceia no salão de festas. Ainda bem que mais nenhum morador teve a ideia. O espaço ficaria só para os seus. Ninguém teria de tomar o elevador. Disseram que era o maior foco de contaminação. E ela deixaria um frasco grande de álcool com o porteiro da noite. Mandou que oferecesse a todos os seus convidados. Só a eles.

Ananda veio ajudar mais cedo. Montaram uma mesa com uma toalha verde e doze lugares, enfeitada com pequenos vasos de bicos de papagaio. E outra mesa, ao fundo, com toalhas vermelhas, serviria de aparador. As cores sempre marcaram a grande festa da família.

Que bom que a filha pôde ajudar. Ela teve de fechar de uma vez seu salão de beleza, por causa da prefeitura com a decisão insana de ficar abrindo e fechando aquele tipo de serviço. Classificado como não essencial. E ainda estava sendo ameaçada de processo por uma manicure grosseira, que só servia para tirar bife das mãos das clientes.

Mas seu genro era um mandachuva da informática do tribunal. Sem ele, a justiça não conseguiria funcionar. Claro que os juízes não deixariam Ananda tomar um prejuízo maior do que já tinha levado.

Ela nem precisava do salão. O Julinho ganhava tão bem. Só trabalhava porque sempre foi dinâmica e esforçada, ao contrário das cunhadas, aquelas parasitas, que, nas festas, sempre se separavam do grupo com a desculpa de fumar. Felizmente, tanto o Ravi quanto o Shandar eram gerentes de banco, agências de elite, com clientela especial. A mãe tinha escolhido os nomes dos meninos porque sempre foi mística. Fez muitos anos de yoga, chegou a ser vegana.

Mas o Natal ia ter peru, claro. E um tronco de chocolate lindo, igual ao do hotel de Miami, quando a família ainda era pequena e João Carlos nem pensava em se aposentar. Foi um Natal inesquecível. Os mais recentes se alternavam entre Cabo Frio e o hotel-fazenda, no encontro renovado e sagrado dos familiares.

Este ano não podiam viajar por causa da pandemia. Aí o anjo, só pode ter sido um anjo, lhe soprou a ideia do salão de festas. Teriam, apesar dos contratempos, sua ceia e seu Natal juntos, com todos os cuidados da autoproteção.

Foi Ananda quem percebeu aquelas coisas no fundo do salão. Tudo empilhado, duas bolas, uma bicicleta cor de rosa e o que era o cúmulo da breguice. Uma piscina inflável de plástico com coqueirinho e tudo. Mais que depressa a mãe convocou a faxineira e mandou que levasse a tralha para os donos no segundo andar. Como tinha gente espaçosa no prédio!

Quando ficou sozinha, pois a filha foi se preparar em casa para a festa, sentiu que faltava algo que trouxesse aquele encanto próprio de uma noite de Natal. Com as viagens nos últimos tempos, ela não tinha mais árvore. Tão estranho um Natal sem árvore.

Então olhou pelo vidro e viu que a árvore do prédio tinha acabado de ser acesa ali no hall. As luzes coloridas piscavam. Bastava trazer lá para dentro. Distância de tão poucos metros. A síndica não ia se opor. No dia seguinte, ela devolvia. Mas a mulher tinha viajado.

Os presentes dos netos ficariam lindos ao pé da árvore. Convocou de novo a faxineira e também o porteiro. Não imaginava que iriam colocar tantos obstáculos por um favor à toa.

— Os outros moradores podem não gostar – falou o homem.

— Vai sobrar para a gente se alguém mexer na árvore – disse a mulherzinha impertinente.

Como eles recusavam ajuda, chamou o marido pelo celular.

João Carlos desceu logo. Em segundos, resolveu a situação, deslizando uma nota de vinte para o bolso de cada um.

Ele mesmo supervisionou o transporte para que nenhum enfeite caísse de seu lugar. Ela agradeceu ao céu pela cumplicidade do maridão.

Quando iluminaram de novo o pinheiro, que nem parecia de plástico, viram que as luzes podiam piscar em ritmos diferentes.

Hellen escolheu o mais calmo, o mais sutil e delicado. Queria as melhores vibrações em torno de seus queridos.

Ela tinha conseguido. A festa ia ser completa. Tinha certeza de que iria chorar quando à meia-noite o coro de vozes adultas e infantis se pusesse a cantar “Noite Feliz”.

Hilário

Foi dormir bêbado. Mal tocou no bacalhau que Lulude preparou para a ceia. Ela nem quis abrir o champanhe porque ele já tinha entornado sozinho todo o vinho português.

A mulher insistiu em comemorar o Natal, mas aquilo mais parecia uma tortura que ela tinha prazer em comandar. Praticamente proibiu Renata de vir pelo menos abraçar o pai. Jamais aquilo tinha acontecido. Uma maldade forçar a separação dos dois. Lulude nunca amou a enteada.

A filha concordou com a madrasta. Ficaria em casa com o marido. O coronavírus voltava a abalar a cidade. O pai precisava ser protegido e, assim, não teria contato com o resto do mundo no Natal de 2020.

O que a mulher, bem mais nova, estava também anunciando é que ele era um velho. Hilário relutava em concordar. Ainda trabalhava. Mas logo foi afastado, para fazer *home office*. Por que esses termos em inglês, coisa mais desnecessária? Só que raramente lhe passavam alguma tarefa. Entendeu que não precisavam mais dele no serviço.

As pessoas na casa dos trinta chegavam com sede ao comando, fazendo qualquer coisa para mostrar como eram eficientes, que falavam inglês e dominavam todos os recursos da informática. E, nesse grupo, tantas mulheres robóticas e ambiciosas. Da idade da própria filha.

Nunca imaginou Renata no trabalho. Seria assim também, cruel com os mais antigos? Ele nunca teve facilidade com outros idiomas. Mas a coleguinha mal educada que aturava no dia a dia não precisava rir, deliciada, quando Hilário tentava dizer uma palavra em inglês.

No meio da tarde, Renata telefonou. Ele se conteve para não chorar. Já tinha atacado a primeira garrafa de Dão. Ela não se demorou, desejou um bom Natal e transmitiu um abraço do Joel.

Esse Joel que não perdia um minuto de sua vida egoísta para falar com o sogro. O cara de quem Renata já esperava um filho. Um filho que veio rápido demais, insistência do genro. Um bebê anunciando momentos difíceis para o futuro avô. A filha única ainda mais longe do pai. Uma nova família desarticulando a antiga.

Aquele dia feio, mais parecendo uma Sexta da Paixão, era o presente de Natal que o mundo lhe dava. O irmão não telefonou. Ele também não quis ligar. Não valia a pena cada um ouvir o mau humor do outro. E seu velho e cada vez mais distante companheiro iria recriminar sua voz pastosa.

Nem podia abrir a janela. Chovia, e o céu pesado e escuro era impiedoso. Hilário só olhou para fora mais uma vez. Percebeu retângulos de luz nos prédios em torno. Apesar da visão embaçada, entendeu que para outros havia Natal.

A mulher do condomínio

Resolveu ficar na casa do condomínio para escapar da pandemia. Fechou o apartamento na cidade. Não tinha medo da solidão, apesar de não ter cachorro nem gato. Preferia conviver com os passarinhos, principalmente os beija-flores. As borboletas também eram bem-vindas, mas não alimentava os micos que rondavam a varanda. Sabia que só se interessavam pela comida da cozinha ou da dispensa.

Ficou sabendo que o mercadinho no povoado entregava as compras, e ela não precisaria mais ir até lá. Passou a vir um rapaz solícito, que limpava as botas no pano que ela embebeu de água sanitária na soleira da cozinha. Fazia questão de levar os pacotes para dentro para ela não pegar peso.

Um dia aceitou água e para beber tirou o capacete. Ela se surpreendeu com a aparência. O cabelo cortado na moda, o cavanhaque, as sobrancelhas cuidadas. Parecia um garotão da cidade, apesar do sotaque meio caipira e da falta de cuidado com os plurais.

Noutro dia ele a surpreendeu limpando a piscina, de biquíni. E se ofereceu para fazer o trabalho numa das folgas dele. Combinaram o preço. Na data acertada, achou que ele tinha desistido, mas, quando não esperava mais, ele veio.

Assim que o viu de short, achou o rapaz muito magro, quase o corpo de uma criança. Ficou ajeitando a casa, até que, da janela de seu quarto, o surpreendeu dentro da piscina. Estava boiando, sem o short. E viu que ela olhava. Abriu os braços e um sorriso. Gritou para ela escutar:

— Vem!

Ela foi. Há tempos não sabia o que era um homem. E ele era mesmo tão gentil. Como um beija-flor.

Voltou mais uma vez e se despediu para sempre. Conseguiu um trabalho melhor, longe dali.

Mandaram outro entregador. Grosseiro, preguiçoso, deixava as compras do lado de fora e mal avisava que tinha chegado. Quando reclamou, disse que ela não era a única pessoa no mundo. Tinha muitas entregas e muita pressa.

Ela reclamou com o patrão mais de uma vez. O homem prometia que o empregado ia melhorar, mas o sujeito continuava do mesmo jeito, agora sabendo das queixas e a encarando com raiva.

Um belo dia, foi substituído. O motoqueiro novo não era de muita conversa. Não era um beija-flor, mas também não foi grosso como o anterior. Era alto e forte. E tinha olhos verdes.

Logo que teve oportunidade, ela ofereceu água. Queria ver o rosto, mas ele não estava com sede. Só a olhou de cima a baixo. A mulher sentiu um arrepio que não conseguiu explicar.

Anoitecia, quando buzinaram lá fora. Ela entendeu que ele tinha voltado, ao final do trabalho. Seu coração bateu mais forte quando abriu a porta.

Ele não limpou as botas para entrar na casa nem tirou o capacete. Levou a televisão e o celular. Ela entregou todo o dinheiro depois que ele a cutucou com a faca que apanhou na cozinha.

Lamentou não ter um cachorro que o perseguisse. Mas correu atrás, quando ele subiu na moto.

Não o alcançou, enquanto gritava desesperada para o condomínio inteiro ouvir:

— Socorro!

A taróloga

Só deu tempo de tomar um café e fumar um cigarro. Pelo menos tinha olhado antes na internet e tentado memorizar um método mais objetivo de usar as cartas.

O velho baralho ela tinha encontrado no fundo de uma gaveta, embrulhado num lenço de seda. Mas não praticava há anos e tinha esquecido como devia apresentar o jogo para o consulente.

Lembrava vagamente de armar com as cartas uma espécie de cruz. Cada braço tinha sua função. Só que no site viu coisa mais simples. Bastava espalhar o tarô sobre a mesa. A pessoa escolhia dez cartas. Ela fazia três perguntas, o cliente, de cada vez, virava três peças. Sobrava uma. A que não foi escolhida seria a síntese do jogo.

Tocaram a campainha. Ela não teve tempo de se pentear. E, com aflição, viu que tinha esquecido duas das perguntas. Só se lembrava da última, relativa ao futuro. Sabia que precisava improvisar, não deixando passar a mínima hesitação. O consulente não podia perceber a insegurança da taróloga fora de forma.

— Ouvi o anúncio no rádio.

— Quando?

— Faz uns dez minutos, mais ou menos. Estava no carro. Liguei na mesma hora para não esquecer seu número.

Fez entrar a mulher baixa, um pouco encorpada, os cabelos tingidos e disciplinados num apertado rabo de cavalo.

Mandara colocar o anúncio há dois dias e não estava muito convencida de que iria funcionar. Não tinha nenhuma vela em casa, mas achou uma varinha de incenso, que custou a acender. O copo com água não podia faltar.

Os objetos não eram só para compor um cenário, ajudavam na concentração. Nunca usou uma bola de cristal nem se fantasiou de cigana. Preferia apostar numa aparência espontânea e honesta.

Levou a visitante a se sentar à sua frente na mesa da copa. Daquela posição ela não veria a cozinha, a louça suja na pia. Só usaria os arcanos maiores, felizmente. Os menores andavam bem embaçados em sua memória.

A mulher não dizia nada, fazia questão de olhar para ela de um jeito autoritário, pronta a surpreender qualquer deslize.

A taróloga não perguntou seu nome, estratégia para refrear a arrogância da cliente. Nem quis saber da profissão, tinha certeza de que receberia informação falsa.

Fez com que ela embaralhasse e cortasse o baralho. Se a última questão era sobre o futuro, as duas que esqueceu poderiam muito bem ser sobre o passado e o presente.

Começou pelo presente. Notou como a outra era decidida para pegar e virar as cartas. O esmalte precisava de retoque, mas tinha um anel com pedras de verdade. Algo lhe dizia que não estava ali por causa de homem.

Uma das três imagens que fez aparecer era A Morte. Não iria dar a interpretação óbvia. Falou da situação geral, da pandemia, de como todos estavam afetados.

Examinou o rosto à sua frente e viu surgir uma expressão de quem concordava com o que ouviu. A adversária se desarmava. Ao escutar a questão sobre o passado, um sorriso duro foi ganhando seu rosto.

Entre as figuras que trouxe à tona estava A Imperatriz. A cartomante nem piscou:

— Parece que foi ontem, não? Você estava no comando da situação.

Não imaginava que a outra se abriria:

— Tinha minha firma de decoração. Muito trabalho sempre, muita correria. Mas, no fim, tudo dava certo.

"Tinha", a taróloga entendeu a razão da consulta. Uma perda recente.

— Vamos examinar o futuro?

Não compreendeu a ligação entre as três cartas. Improvisou:

— O recomeço vai ser lento e difícil. Nada cai do céu. Mantenha a firmeza e a coragem.

— Mas o que vai acontecer?

Não quis inventar o que não via. Só quis ser boa:

— Vejo luz no fim do túnel. Virão dias melhores, com certeza.

A outra suspirou. Demorou a desvelar o último arcano. A Torre. Na ilustração, fulminada por um raio.

A cartomante não entendeu de onde tirou a interpretação:

— Por mais doloroso que pareça o momento, vejo uma grande paz surgindo.

Em casa

Estava achando bom ficar em casa. Saía uma vez por mês para cortar o cabelo e não ficar com a aparência de um bicho do mato. No salão, se tivesse de esperar, podia manusear os jornais e dar uma olhada no que andavam dizendo.

Os jornais há muito tempo só serviam para sujar as mãos de tinta. Ele que não ia cair mais naquela balela de pagar uma assinatura. Não existia isenção coisa nenhuma nos artigos ou nas reportagens.

Chefes decidiam o que as pessoas teriam de ler. E foram suprimindo tudo de que ele gostava, emagrecendo as páginas, ainda cheias de anúncios. Nos últimos tempos, de bom só restavam as palavras cruzadas. Até as informações sobre o tempo, tão úteis, foram trocadas pelo mapa dos mortos na pandemia.

Dos telejornais, então, queria cada vez mais distância. Era puro sadismo ficar repetindo dezenas de vezes a explosão do prédio ou a perna do craque no momento em que foi quebrada. E a repórter boazinha provocando o choro da mãe da criança morta no tiroteio entre a polícia e o tráfico.

A tevê, com aquelas disputas de vale-tudo cheias de sangue, agora punha mulheres para brigar. O único esporte fartamente promovido, fora o futebol e seus torcedores criminosos. Quem era o grande culpado pela violência no país, cultuada todos os dias e todas as noites na intimidade de cada família?

Também não suportava a enganação dos pastores, vendendo milagres e cobrando pela salvação das almas em tantos canais que ocupavam as madrugadas. Um insulto aos insones.

Era informado das novidades pela diarista com sua mania de ouvir rádio. Ela era fã de acidentes de trânsito que não eram de seu interesse. Mas veio com a história da mulher libertada da escravidão no interior de Minas.

Desde criança, a tal mulher trabalhou para quem, em lugar do salário, mal deu a ela cama e comida. Aquilo não era novidade para ele. Lembrava uma história de família.

A tia dispunha de outra mulher em casa, a Aurélia, que viveu por perto até morrer, dormindo no barracão dos fundos. Ela criou seus primos, e eles não escondiam que gostavam mais da Aurélia do que da mãe. Só não comentavam que o tio sempre frequentou o quarto e a cama da empregada. Triângulos assim eram possíveis, talvez comuns. Lembranças dos tempos da senzala.

Ele mesmo tinha suas histórias com empregadas. Pensava nelas quando via aquelas mulheres fazendo bronzeamento, quase nuas na laje vizinha. Ele morava justo na fronteira com a favela. Favela sim, nunca iria dizer aglomerado ou comunidade. Para que mudar o nome das coisas se continuavam iguais?

Agora nem se escondia para dar uma olhada quando elas vinham nos finais de semana. Notou que não se importavam com ele. Como tinha perdido o desejo, percebia nelas mais uma revelação de como andava o mundo.

Eram tão presentes quanto os dois irmãos que antes iam para a escola e agora, maiores, se plantam na esquina para receber os clientes, garotos malhados e tatuados que atravessam a fronteira do bairro para comprar sua maconha.

A cunhada e a sobrinha, tão frescas, tinham medo de frequentar sua casa, mesmo ele oferecendo ao irmão sua vaga na garagem quando eles viessem. Mas não era só medo de assalto. As duas tinham medo da pobreza. Por isso perdeu o hábito de encontrar o irmão. A ex-mulher, felizmente, morava muito longe. Nem se lembrava de sua voz ou imaginava como estaria hoje.

Então descobriu os vídeos do YouTube na tela da televisão. Ali tinha de tudo e, claro, muita porcaria. Até que encontrou um grande passatempo. Passaporte para um mundo em preto e branco, sem dublagem nem legendas. Como aconteceu na primeira vez em que foi ao cinema.

Poderia passar os próximos meses assistindo as chanchadas. Que tempo bom! As pessoas, por causa do Cinema Novo tão chato, começaram a desprezar ou abominar as chanchadas.

Mas ele podia ter marchinhas de carnaval em qualquer época. Todas tão politicamente incorretas. Se Lamartine Babo fosse vivo iria acabar no mesmo limbo que Woody Allen.

E as atrizes? Ainda adorava Eliana, tão bonita quanto Grace Kelly, tão angelical quanto Doris Day. E os cômicos? Melhores que Jerry Lewis, do mesmo naipe que Chaplin.

Oscarito era completíssimo. Ator, bailarino, acrobata, palhaço. Mas seu favorito sempre seria Grande Otelo, que também podia cantar, dançar, dizer piadas com uma graça leve e espontânea. E o olhar? Um olhar que transbordava alegria.

Pouco sabia da vida do ator. Apenas de seu alcoolismo. E de uma história que leu quando ainda se interessava pelos jornais.

Depois de receber um prêmio, Grande Otelo, o troféu na mão, aguardava sozinho que um táxi passasse na madrugada vazia. Ninguém se preocupou em lhe oferecer carona.

As chaves

Era um maestro discreto, apesar da longa cabeleira grisalha que cultivava com um xampu especial para cabelos brancos. E que fugia dos barulhos do mundo.

Em casa, quando não usava fones de ouvido para estudar música, recorria a um tipo de cera que lhe tapava os ouvidos. Comprou pela primeira na vez numa farmácia em Paris e sempre pedia que alguém lhe mandasse mais de uma embalagem. Tinha estoques de *Boules Quiès,* não mais naquela caixa delicada, imitando marfim e com a estampa de um pássaro egípcio, talvez o falcão de Hórus.

Andou usando muito, e o suprimento estava baixo, quando viajar se tornava difícil, praticamente impossível. Teve de abusar de suas *boules* graças à vizinha da cobertura e sua maneira ruidosa de existir. Parece que tinham chamado a polícia por causa de suas festas noite e madrugada adentro. Mas não tinha sido ele. Não brigava com ninguém.

Passou quase trinta anos escondendo do mundo sua vida amorosa. Tinha amado, com dedicação e muita paciência, um homem casado. Além de solicitado pelos quatro filhos e a esposa, era um político cheio de compromissos. Em todos esses anos, um parlamentar conhecido. Por muito pouco não foi eleito prefeito.

Morreu de um prosaico câncer de próstata, pois sempre se recusou a se deixar examinar por um proctologista. Temia obsessivamente que o médico descobrisse que ele cultivava o prazer anal.

Na geração em que tinham nascido não era costume assumir um relacionamento entre dois homens. Nas condições dele e do amante, mais complicado ainda. O artista nem tanto, mas o homem público e pai de família seria vítima definitiva do escândalo.

Mas, depois de velho e ao se ver sozinho, trouxe um rapaz para casa. Só fez isto porque o outro era quase tão discreto quanto ele. Tímido, interiorano, funcionário sem importância na área contábil.

Nos dias difíceis da quarentena, o garoto ficou financeiramente apertado. Trinta por cento de redução no salário. Decidiu acolhê-lo, principalmente porque se comovia com o comportamento de quem não se incomodava com seu corpo flácido, as varizes, a barriga que não dava para disfarçar. E o bônus surpreendente, recobrou um apetite sexual que via diminuir desde que se tornou viúvo.

Para sua surpresa, a nova vida fortaleceu sua união com a irmã. Passou a visitá-lo e a tratar o rapaz como membro da família. Trazia o filho, já um professor universitário, sempre com seu ar intelectual. No entanto, apesar de ter a mesma idade do contador, era frio com ele. O maestro via no apoio do sobrinho à relação homoafetiva uma disposição ainda distante e racional.

Um dia, a irmã confessou que se preocupava com aquele estranho na vida dele. Tinha desconfiado de más intenções. Mas agora admitia que ele não era do tipo explorador, coisa tão comum entre jovens gays atraídos por senhores mais velhos.

O jovem foi o primeiro a pegar o vírus. Mais forte e saudável, recuperou-se na enfermaria. O maestro foi logo para a UTI e, quando foi cremado, o parceiro ainda permanecia no hospital.

No momento em que saiu, notou uma conhecida sendo conduzida às pressas ao setor de internação. A mulher barulhenta que tinha se mudado da cobertura.

Ao chegar ao prédio, bastante abalado porque não encontraria o companheiro, não conseguiu entrar.

A irmã e seu filho tinham trocado as chaves e a fechadura. O porteiro se prontificou a trazer as duas malas. Tudo que era dele cabia ali.

Clandestino

Tirou das caixas as roupas para o Ano Novo, que fez questão de escolher no shopping. O vigilante na entrada poderia medir mil vezes sua temperatura. A febre ele já tinha tido, assim como as dores no corpo. Três dias de incômodo em casa mesmo. Nem perdeu o paladar.

O vírus passou por ele e foi embora. Desde então, a liberdade plena e a retomada de sua vida de *promoter*. Estava muito animado com o Réveillon Clandestino. Trezentas pessoas no sítio devidamente alugado, com a retaguarda de DJs, garçons e seguranças, comemorando o final deste ano escroto. Os que pagaram pelo privilégio iam sentir, como ele, a delícia de estar vivo e não ter medo de ser feliz.

Depois de deixar tudo no armário, olhou para as paredes vazias, as marcas dos quadros que Aline arrancou, os buracos com os pregos. Ela tinha levado também os móveis, mas o apartamento era dele, presente do pai.

Só sobraram a geladeira e o fogão. O colchão ele pegou emprestado. Com o que iria ganhar pelo evento, comprava logo uma mesa, cadeiras e uma cama. Estava cansado de comer e dormir no chão.

Daqui para frente não ia precisar mais da ajuda dos pais. Já planejava novos eventos, nas mesmas bases. Um público cativo sendo recuperado. Desafiar o proibido era adrenalina pura para a moçada.

Não queria saber o que a ex-mulher fez com as coisas de seus dias de casado. Ela estava de volta à mansão do pai, que não andava tão bem das pernas. Fechando lojas, demitindo funcionários.

Sempre souberam que ele vivia de festas. Na verdade, os sogros respeitavam antes de tudo a grana de seu pai. E acharam que iam enquadrá-lo.

Aline não suportava sua rotina incomum. Os dias dele eram para dormir, a noite para o trabalho. O sogro queria que ele assumisse a gerência de uma loja. Riu na cara de Aline, quando ela transmitiu o convite.

Mulherzinha chata do cacete. Tinha investido tanto naquele casamento em Cancun, que poderia ter sido mais divertido, se não tivesse tantos parentes, tiozinhos e tiazinhas cheios de palpites, escolhendo até as músicas.

Felizmente existia gente bonita e divertida neste Brasil. A maioria estava em Trancoso. Uma ilha de loucura no país careta. Todos abarrotando as festas. E os bundões reclamando. Atacando o Neymar, com muita inveja, pois era rico o suficiente para bancar uma festança de vários dias em Mangaratiba.

Mas ele ia chegar perto. Com seu Réveillon Clandestino, vestido de branco, todas as peças novinhas, atraindo boas energias. Ano Novo, com música de balada, bebida farta e demais estimulantes, abraços, beijos. Sexo sem censura e muito afeto.

Amanhã. Só precisava que não chovesse como no Natal.

Lua Cheia

Velho dorme pouco. Por isso, quando acordava ainda de madrugada, podia fotografar a Lua bem cheia por trás das nuvens e do resto das estrelas. No Natal, tão nublado, não conseguiu verificar a anunciada conjunção de planetas que seria a Estrela de Belém. Mas no Ano Novo teria a companhia ainda forte da Lua.

Continuava em casa quase o tempo inteiro. Começara a descer para caminhar na abandonada quadra de peteca nos fundos do prédio. Quando se certificava de que não ia aparecer ninguém, tirava a máscara e respirava fundo. Reconhecia os cheiros do dia. O primeiro a chegar, fugindo de alguma janela, era de café, tão convidativo. No verão o Sol vinha bem cedo, e ela o recebia no rosto e nos braços, ciente de que era o melhor remédio para a osteoporose.

Sabia jogar peteca. Aprendeu a bater com as duas mãos. Mas quem seria seu parceiro? E uma queda estava fora de cogitação. Tinha se acostumado com seus medos.

No seu aniversário cometeu uma loucura. Foi ao banco, ao se lembrar da prova de vida sempre naquela época. O elevador já estava lá embaixo, quando teve de voltar para buscar a identidade. Será que a reconheceriam na foto? Teria de tirar a máscara, mas estranhariam o cabelo comprido, motivo de vergonha, uma boa metade já branca.

Não esperava a fila tão grande, as pessoas separadas pelas marcas no chão. Mas o rapaz com o colete e perguntando "posso ajudar?" a mandou para casa. Na epidemia, aposentados e pensionistas estavam eximidos de comprovar que ainda existiam.

Ela pôde ouvir as reclamações de outros clientes. A aglomeração se devia ao fechamento das duas agências mais próximas. O atendimento de tanta gente se concentrava ali.

Entendeu que o banco se aproveitava do momento difícil para economizar. Na conta de luz, no cafezinho, no salário dos funcionários dispensados, na contratação já desnecessária dos vigilantes e das faxineiras.

Daqui para frente, teria de apelar cada vez mais ao celular e à internet, que a deixavam apavorada. Medo de fazer qualquer coisa errada, de ser invadida pelos piratas eletrônicos que em segundos rapariam sua magra conta.

Quando subisse de volta, finda a caminhada na quadra, passaria pelo Rivaldo. Ele ia fazer aquela cara de que não gostou quando, de propósito, ela o chamasse de Romário. Mas entregaria o pãozinho que espontaneamente comprava para ela. E trocaria umas palavras, lamentando que este ano não haveria a São Silvestre.

Depois ela mandaria pelo elevador um copo de café para o Romário (opa, Rivaldo), pensando que mais coisas faltariam no Ano Novo. Os fogos, quem diria, tinham sido suspensos.

Nunca imaginou que o mundo mudasse tanto em tão pouco tempo. Ela tinha necessidade das coisas e dos hábitos antigos. Adorava assistir a Escolinha do Professor Raimundo e as reprises das novelas. Queria rever a Yoná e o Carlos Alberto. Pena que não deram certo como casal, ao contrário do Tarcísio e da Glória, que ela achava certinhos demais. Seria verdade que a Globo os dispensou e estavam desempregados?

Sabia que dificilmente iam resgatar um dia seu programa favorito, a série *I Love Lucy*. Era fascinada pela atriz, uma ruiva desastrada e grandalhona.

No momento da passagem para 2021, iria pedir que a vacina chegasse logo. Então teria coragem de ir ao salão. Deixaria os cabelos mais longos, só queria uma tintura. Claro que a menina que a atende nunca saberia qual o tom exato do cabelo da Lucy. Mas iriam tentar o mais parecido.

Ignorava se as farmácias ainda vendiam batom. Nunca mais comprou. Iria então a uma perfumaria. E escolheria o que imitasse o brilho de um rubi.

Ninguém precisaria ver o desenho de coração em sua boca, igual ao de Lucille Ball, para dizer depois que era uma velha assanhada. Só ia mostrar à amiga Lua.

Granizo

Quente demais, ele não contava com tanto calor. A porta do elevador já ia fechando, quando gritaram para ele abrir. Quase não conseguiu. Então ela entrou com seus pacotes e sacolas.

— Compras de última hora – explicou, por trás da máscara azul.

Não lembraria a cor do short. Era escuro, achava. Ela ali tão perto, não ficava bem olhar para suas coxas.

— Quer ajuda? – Pegou um dos pacotes.

Os braços se roçaram. Mas foi pela espinha que um arrepio subiu. Não desceu no seu andar. Ofereceu para continuar ajudando.

Ficou um pouco para trás enquanto ela abria a porta da cozinha. Estava bronzeada. As pernas da vizinha estavam ficando douradas.

Ela o mandou entrar.

Enquanto ela desembalava as compras, com a desculpa de que os apartamentos eram idênticos, ele pôs um pé no corredor.

— Mas minha decoração é muito pessoal. Pode dar uma olhada.

Ele mal reparou. O quarto em que ela dormia com o marido babaca ficava na mesma posição que o dos pais dele. Abriu a porta com cuidado. Estranhou a colcha sobre a cama. Lembrava as pintas de uma onça.

Voltou para onde ela estava ao ouvir sua voz.

— Meu marido deve estar chegando.

Ela tinha tirado a máscara e exibia os lábios. Estava sem batom, a boca parecia molhada.

— Quero agradecer sua gentileza.

Abriu uma caixa e pegou um bombom. Como ele não se mexesse para tirar a máscara, ela mesma a puxou com uma das mãos.

Com a outra, foi pressionando o chocolate macio na língua do garoto. Quando o mordeu, uma gota de licor escorreu pelo queixo. Ela usou o dedo para limpar seu rosto.

— Agora, vai – falou e lhe desejou feliz Ano Novo.

Ficou plantado diante do elevador que vinha subindo. Sem que ele tivesse chamado, ia parar naquele andar. Preferiu descer pelas escadas.

A mãe gritou assim que ele entrou.

— Rápido! Vamos fechar as janelas.

A chuva desabou naquele início de noite. Depois do calorão, veio forte. E de uma vez. A mãe se assustava com o granizo batucando nos vidros.

— O ano tinha que acabar assim. Nem vou poder ir à Missa de Ano Bom.

Mas ele não reclamava. Tinha fé. Tudo prometia mudar.

A voz do destino

Sempre foi intuitiva. Sempre acreditou nos anjos. Não podia ser coincidência ter acabado de ligar o rádio e ouvir o anúncio. Sem papel ao alcance, anotou o número na palma da mão.

Há pouco lamentava não encontrar o cartão do numerólogo, que não era chinês apesar do nome, mas que havia dito tantas coisas importantes, que, com os anos, ela infelizmente tinha esquecido.

Quando a taróloga lhe abriu a porta, sentiu a onda de confiança que a mulher passava. Uma casa cheirosa, perfumada. Adorava o aroma de jasmim.

A cartomante se vestia com simplicidade. Nenhuma extravagância. Ela aprovou a sombra negra realçando os olhos, a máscara de um tecido discretamente brilhante.

Foram para a copa. A outra lhe exibiu o baralho, avisou que só trabalhava com os arcanos maiores. Disse para ela fechar bem os olhos e se concentrar na razão que a trouxera ali.

Não se importou que captassem sua tristeza. O Natal tinha sido amargo. Ficou sabendo que Shandar já tinha sido demitido. Ravi tampouco continuaria no banco. As agências em que os dois trabalhavam foram suprimidas.

O ano foi ruim para investimentos, com os juros baixos, as oscilações da bolsa, a alta do dólar. Os fundos de reserva dos filhos não eram tão altos. E as duas noras decidiram se apoderar do dinheiro de cada marido e começar uma sociedade.

Era verdade que as duas parasitas, que nunca trabalharam, sabiam cozinhar. Decidiram fazer comida para vender. Marmitas. Achava um negócio humilhante. Mas o que mais doía é que seus dois filhos, executivos tão competentes da área financeira, iriam virar entregadores de marmita. As noras decidiram, eles, sem alternativa, aceitaram.

Esperava que o tarô lhe dissesse que aquilo não ia dar certo e que o destino soprasse, usando a linguagem das cartas, uma solução melhor, à altura de sua família.

A mulher diante dela sorriu compreensiva, quando, sem ter pedido que contasse, ouviu o resumo da situação. Ela entendia, também estava se virando para sobreviver. Mas, esperta, nada comentou da própria vida.

A consulente já confiava inteiramente na cartomante, tão positiva, tão discreta nos seus gestos simples. Deixou que ela se recompusesse e pediu educadamente que separasse dez cartas, afastando o monte em que empilhou as outras.

A cliente escolheu três, que resumiam o momento presente. Ficou impressionada com a Roda da Fortuna, que sua orientadora descreveu como um momento estagnado, em que as pessoas só culpam a sorte. Passaram ao exame do passado, e ela virou outras cartas.

Quase deu um grito com a figura do Diabo, mas a voz serena a tranquilizou. Aquele símbolo apenas traduzia a ambição, uma questão de dinheiro. Ela entendeu, aliviada. Por sua conta, fechou de novo os olhos e por um instante sentiu seu anjo protetor presente naquela copa.

Mas se assustou mais uma vez ao perceber, entre as figuras ligadas ao futuro, aquela do Louco. "Tudo bem", anunciou a voz que a confortava. O arcano, de fato, mostrava a vontade de viver e o caminho da autoconfiança.

A carta que restou fez com que seu coração pulasse de alegria. Os Enamorados. Ela adorou a presença de Cupido na cena. Cupido não era um anjo?

Só ouviu o primeiro conselho, sobre a necessidade de fazer uma escolha, como indicava a síntese de seu jogo. Não prestou atenção na segunda sugestão: arejar sua consciência sufocada pelos desejos.

Saiu bem mais leve da consulta. Não ia interferir com a vida dos filhos. Uma das noras tinha sido bem razoável. As pessoas precisam comer, e receber suas refeições em casa só ameniza a vida de quem anda abalado e estressado pela pandemia.

Decidiu chamar o marido para darem uma escapulida até Cabo Frio. Pensou em levar os netos, o que facilitaria a vida atribulada dos pais. Mas há tanto tempo não tinha férias sozinha com João Carlos. Era sem dúvida uma inspiração de Cupido.

O verão prometia. Imaginou a brisa do mar, o sol sobre a pele, amolecendo o corpo. Iria convencer o maridão. Ela sempre conseguia.

Olho vivo

A mulher perguntou ao porteiro se a caixinha de Natal ainda estava valendo. Surpreso, ele disse que sim, apesar de janeiro já ter começado. Ela se desculpou pelo esquecimento do marido e lhe passou o envelope que ele preferiu não abrir na frente dela.

Rivaldo desconfiava de outra explicação para o presente atrasado. Agradeceu, sem fazer o assunto render, e ela se despediu, ajeitando a máscara. Caminhou até o uber que aguardava a passageira.

Ele sabia qual era o destino da corrida. Outro motorista lhe contou. Ela ia se bronzear, não longe da casa do porteiro. A laje da Katiúscia, para quem sua irmã começou a trabalhar. Era só perguntar a ela que coisas pessoais a cliente soltava, relaxando ali ao sol. Ele ia adorar saber que ela chifrava o marido babaca.

O sujeito que o tratava mal e não colaborou de propósito com a caixinha dos empregados. Por isso fez questão de avisar à mulher antes que ele subisse. Viu pela câmera quando o garoto entrou com ela no apartamento.

O dinheiro era para retribuir o aviso. Uma pena que não deu tempo para acontecer nada entre a dona e o garoto.

E o rapazinho nem sabia da novidade. Quando ele contasse, ia babar muito. Sua vizinha colocava fita isolante para ficar com marquinhas na bunda e nos peitos. Uma tara para agradar ao marido, ou qualquer outro.

Mas desistiu de incentivar o desejo alheio. O babaca já tinha deixado que ele visse a arma. Praticava com frequência num clube de tiro.

Seria horrível um crime no prédio. A velha do cabelo pampa chamou pelo interfone. Ia mandar o café para ele. Ela, coitada, não merecia conviver com mortos e assassinos.

Teria de desestimular o garoto. Era sua responsabilidade como porteiro. Ele que conseguisse um romance fora do prédio. Mesmo porque mulher casada só oferecia perigo. Se fosse preciso, contava tudo ao pai do menino quando passasse pela guarita.

Rivaldo ia manter o olho bem vivo, atento aos acontecimentos no prédio. Pela câmera no elevador, sabia de quase tudo.

Pegadas

Colocou a máscara ao ver o conhecido. Ficou pelo avesso. O outro, muito míope, não chegou a perceber. Vinha de uma de suas caminhadas, em que evitava cruzar com outras pessoas. Só não aguentava muito tempo o elástico amassando sua orelha.

Mas deu vontade de falar com o homenzinho no portão da velha casa, a única resistindo à subida constante dos prédios altos e envidraçados. Nenhum sabia o nome do outro, mas gostavam de levar um papo.

Não se lembrava de ter visto o ufólogo amador na quarentena. Queria ter comentado com ele os vídeos com os óvnis que o governo americano soltou logo no início da epidemia. Não que acreditasse naquilo, mas seu conhecido tinha boas histórias para contar.

Se não andava se confundindo, ainda se lembrava da classificação didática que ele fez dos ETs. O dos filmes, bem como o de Varginha, era de uma espécie parece que chamada de grey e não era hostil. Vários do tipo, o olho estatelado e a cara de velho, já tinham aparecido na Terra. O problema vinha dos com jeitão de lagarto, os reptilianos. Alguns podiam ser inofensivos, mas outros eram tidos como elementos da Sombra, o que ele entendeu como uma ameaça à humanidade. E havia os dos planetas vizinhos – marcianos, venusianos, jupiterianos – que podiam tomar nossa forma e andar despercebidos entre nós. Alguns até trabalham como agentes de alguns governos como o americano e o russo.

Mal cumprimentou o baixinho, foi invocando uma intervenção dos reptilianos. Não estava aguentando o povo brasileiro, ou uma parte bem significativa, que merecia ser abduzida e deixada em algum canto escuro do cosmos como lixo espacial.

O amigo não viu o que essa gente voltou a fazer no réveillon? Eles se aglomeraram nas praias como se não houvesse pandemia. O amigo não ficou sabendo do que houve em Cabo Frio? Das toneladas de lixo largadas na areia? Quem destrói a própria casa não merece a Terra. Era uma sugestão que ele queria fazer chegar ao pessoal dos discos. Quem produz tanto lixo merece virar eternamente lixo.

O outro sorria, calado, apertando os olhinhos por trás das lentes grossas. Finalmente disse alguma coisa:

— O que está acontecendo já é uma ação de limpeza.

Ele retrucou:

— Como assim? Os mais jovens aprontam, nos contaminam, e nós, com mais de sessenta, vamos para o necrotério.

— A Era de Aquário começou – disse o outro.

De ufólogo tinha virado astrólogo? Mas o papo de Aquário era velho. Vinha desde os hippies, do musical *Hair*.

— Há muitos seres entre nós, cada vez mais.

— Reptilianos?

— Venusianos, na maioria, venusianos.

Não quis mais encarar o sujeito. E se ele mesmo não fosse dos nossos? Aquela casinha plantada no meio do quarteirão não tinha jeito de pertencer a outro mundo?

O homenzinho parecia mais interessado em examinar umas marcas no chão do que escutar o que ele dizia. Resolveu se despedir logo.

No caminho de casa, reparou que havia uma marca igual. E outra mais à frente. Pareciam pegadas de alguém bem pequeno. Preferiu atravessar a rua, indo pelo outro passeio.

Chegou a ficar aliviado, quando as pegadas sumiram. Mas reapareceram logo depois. Sentiu que estava começando a suar na nuca. E se a criatura estivesse indo para a sua casa?

Pensou em voltar e questionar o ufólogo. Mas ele só percebeu as pegadas porque surpreendeu o outro olhando, bem caladinho. O outro sabia o que era, mas não iria contar.

Tinha que ir para casa. O céu ficou carregado. Já ia chover e bastante. Pelo menos a água lavaria os sinais do chão. Ele não os veria mais. Nem ele nem ninguém.

Quando chegou à esquina, percebeu que os pezinhos tinham mudado de rumo. Mesmo assim, correu desabalado até seu portão.

A mulher no velório

O rapaz que caminhava falando pelo rádio disse para ela esperar mais um pouco. Era só terminar a despedida do outro cliente, e o enterro seria liberado.

Bem que ela queria que alguém a rendesse, uma única criatura que fosse. Era muito estranho só ela ter vindo ao velório da antiga patroa. Nem o Seu Jorge apareceu. Sempre desconfiou que os dois tinham um caso, mas nunca achou um pijama dele ou uma cueca disfarçada entre a roupa para lavar.

Será que ele tinha pegado o vírus? Ainda bem que ela foi dispensada do emprego bem antes.

Sabia que ficava mal abandonar o caixão e sair de fininho. Mas ela tinha de passar na Katiúscia, ver se conseguia acertar pelo menos a metade do que a outra lhe devia. E queria pegar o uniforme que ficou secando no varal.

Olhou para o caixão fechado. Nem podia ter certeza de que tinha velado a pessoa certa. O que a deixava triste é que não viu nenhuma flor. Logo na despedida de quem tinha trabalhado por anos decorando festas e casamentos.

Então se lembrou de que aquela mulher nunca tinha flores em casa, mas a varanda era cheia de folhagens e de umas arvorezinhas. Tudo planta bem diferente e de que ela não sabia o nome. Quando perguntou, a dona da casa não precisava daquela rudeza:

— Nem adianta responder. Você só vai ver vasos deste tipo aqui em casa.

"Vai ver ela também não sabe", ela pensou, ressentida. Mas uma coisa que foi exigida, e ela gostou, foi o uniforme. Era a única a usar no prédio. Não sabia se ganhava mais que as colegas, mas se via mais importante.

Agora que tinha arrumado serviço fixo com um casal, ia voltar a envergar seus aventais. Aliás, não era avental, mas um vestido completo, abotoado na frente. Um liso, outro listrado. Pena que o listrado estava ficando meio ruço. De tanto sol que ela tomava na laje da Katiúscia.

Mas fez questão de estar de uniforme, uma iniciativa sua. Queria marcar distância das mulheres que iam se bronzear e ela tinha de regar como se fossem os vasos da falecida.

Riram dela. Uma perguntou se ela gostava de se vestir de escrava. Engoliu a resposta. Não disse que tinha orgulho do que sempre fez na vida. Nem que se sentia muito melhor do que se fosse garota de programa ou mulher de traficante, como algumas ali. E elas nem enxergavam as dobras e os pneus já aparecendo nos corpos arreganhados. Ou a flacidez em volta da bunda.

Ia ser muito bom não voltar mais na Katiúscia, mesmo que levasse o cano. A outra se justificava afirmando que nem todas as clientes estavam de retorno. Financeiramente, ainda se ressentia do fechamento nos primeiros meses. Que ela mesma, então, usasse o regador e escutasse todos aqueles "uis" e "ai, cuidado"!

Quando recebesse seu primeiro salário dos futuros patrões, compraria um novo uniforme, mas ainda precisava dos antigos.

Começaria, claro, com o liso, que guardou porque não devia tomar muito sol. O tecido manchava fácil.

Deixou que o moço do rádio sumisse de vista. Com as precauções de um rato ou uma barata, escapou do velório, que não esteve de todo deserto porque ela, sozinha, apareceu ali.

Madrasta

Quando falava, era tão baixo que ela não entendia. O pior é que já não queria tomar banho. E tão cedo Hilário não poderia retornar ao trabalho. Lulude tinha que dar um jeito para o marido voltar a se interessar por alguma coisa.

Então ela teve a ideia:

— O menino vai se chamar Hilário.

Ele sorriu. Os olhos umedeceram.

Conseguiu chamar a atenção do marido para o futuro. A família e o sangue dele iam continuar.

Ele tinha de reagir ao abandono de Renata, que fazia aquilo para poupar do vírus a saúde do pai, parte do grupo de risco. Enquanto isso, ignorava o dia a dia de um homem às voltas com uma depressão que só ia piorando.

Ela teve de abrir o chuveiro, temperar a água. Acabou de ajudar o homem a se despir. Deixou a porta aberta por precaução.

Com o barulho da água caindo, ele não ia escutar sua voz ao telefone. Mesmo assim, foi falar da cozinha.

Renata, reconhecendo Lulude, pediu logo a confirmação da presença dela na hora do parto. Nessas horas esqueciam que ela era a madrasta.

O enxoval, os preparativos para o casamento – radicalmente mudados com a pandemia –, a escolha dos móveis do novo casal, tudo tinha sobrado para Lulude.

A enteada depois iria jogar o filho – o gênero confirmado na imagem do computador da clínica – nos braços de uma enfermeira. Quando se desenvolvesse um pouco, alguma babá se encarregaria de cuidar dele.

Hilário tinha mimado tanto a garota, que mal percebia sua cabecinha mergulhada nos contos de fada. Só que o destino não lhe deu a cerimônia inspirada nas festas das nobres britânicas Kate e Meghan.

Se tivesse tido uma filha, tudo seria do jeito dela, Lulude. Faria questão que tivesse os olhos bem abertos para o mundo real.

Então deu um jeito de interromper as lamúrias da outra sobre as estrias que surgiram na barriga da mulher que ia parir e foi ao seu assunto:

— O menino tem que se chamar Hilário!

— Não vai dar, Lulude. O nome do papai é esquisito, você sabe. E o Joel quer homenagear o avô dele.

O avô rico e sovina. Nunca ajudou o casal.

— Põe o Joel na linha.

— Mas...

— Agora!

O sujeitinho folgado demorou, mas apareceu, com uma voz de enfado. Ah, ele ainda conhecia bem pouco a Lulude!

Depois de ameaçar ir ela própria ao cartório e registrar a criança, prometeu cortar toda a ajuda de Hilário ao casal. Joel teria de começar a trabalhar de verdade para aprender a sustentar uma casa.

— Está me ouvindo? – Teve de perguntar, quando a voz dele sumiu.

Mas ele não teve coragem de desligar. Sussurrou que concordava.

Lulude percebeu o futuro avô deixando o banheiro. Limpinho. Com certeza, cheiroso.

O menino seria também Hilário. Mesmo que o mundo decidisse chamá-lo de Neto.

De volta

Não suportou as horas trancado no almoxarifado. Quase sem falar com as pessoas e levando bronca a cada vez que era surpreendido sem máscara.

Quando completou o mês, pediu as contas. Não ia sentir nenhuma saudade do beliche na pensão. Morar com estranhos era outra coisa ruim. Nunca tinha se afastado da família. Muito pior, não ver as irmãs menores, mesmo que elas costumassem sapatear em sua paciência. O futebol com os primos é que era coisa boa. Mais a comida da mãe.

Os finais de semana sem ir a lugar nenhum, se não tinha grana para uma cerveja no botequim mais perto. Nem de uma bicicleta dispunha para poder conhecer a cidade, ele que se acostumou com a moto do serviço antigo.

O pai não ia gostar. Ia dizer que estava desperdiçando sua chance de futuro. Para vencer na cidade é preciso suor, coragem e paciência. Teria de ouvir de novo. Mas a mãe ia se alegrar assim que o visse de volta.

Achou até mais bonita a rua de terra, quase no fim do povoado. A meio caminho da lagoa, onde podia nadar. A primeira coisa que fez, adorava água.

Ainda estava molhado e ia para casa, pensando no almoço que esperava por ele, quando o dono do mercadinho apareceu do nada e perguntou se queria o trabalho de volta. Só pensou na moto, quando disse sim.

— Para começar quando?

— Amanhã, no horário de costume.

Foi só no segundo dia que voltou ao condomínio. Depois de fazer as entregas, resolveu dar uma volta de reconhecimento.

A moto parece que foi sozinha. Devia adivinhar que ele estava a fim de outro banho de piscina, nem que antes tivesse de catar as folhas e as outras sujeiras da água que ele queria bem clara e azul.

O que aconteceu na casa? Não tinha a cerca elétrica, o aviso de alta tensão. Dava para ver que o muro tinha subido. Trancada, sem a dona.

Perguntou a um caseiro na vizinhança. A mulher não ficava mais ali. Quando muito aparecia num feriado.

Viveu entristecido o resto da semana.

A carona

Estava achando os dias bem feios. Se não chovia, estava sempre ameaçando cair água, o céu nublado daquele jeito. Os raios já começavam a riscar o céu.

Quando parou no sinal, os primeiros pingos molharam o para-brisa. Viu a mulher se encharcar em poucos segundos. Deu uma ré e parou ao lado dela.

Ela correu para dentro, assim que ele abriu a porta do carro. Agradeceu pela gentileza e desligou o celular. Disse que em momentos como aquele era impossível achar um Uber.

Ele perguntou para onde ela ia. Ela deu um sorriso, aliviada, quando o desconhecido tão gentil se prontificou a levá-la.

No caminho, a enxurrada foi engrossando. Ele jogou a isca. Achava que mais à frente não daria para passarem. Lembrou o histórico de alagamento na esquina ali adiante. Propôs um desvio.

Ela topou esperar o temporal passar no apartamento dele, pertinho dali.

— Acho que vai ser o jeito – concordou, mal escondendo a satisfação.

Ela verificou que ele não tinha aliança. Nem ele nem ela se importavam com a que ela usava e não disfarçava. A mulher achou bem prático que não tivesse uma esposa na jogada, se bem que não recusaria um motel.

Até fechou os olhos quando ele se pôs a acariciar seus seios. Entendeu, solícita, que ele queria mostrar o tamanho de sua excitação quando fez sua mão passear entre as coxas dele.

Os dois se agarraram na garagem, mal ele estacionou.

— Vem, vamos estrear minha cama – ele convidou, enquanto abria a porta, um pouco afobado.

Já tinha comprado a mesa, as cadeiras e a cama que acabaram de entregar. Ela pediu uma toalha para se enxugar da chuva que apanhou. Ele fez questão de tirar uma novinha da embalagem.

— Estou me sentindo uma princesa – ela comentou, enquanto se despia.

Entendeu que estava com um divorciado recente. Imaginou o que poderia acontecer. Deliciada, fez questão de mostrar a ele suas marcas de bronzeamento.

Ela gostaria de algo mais demorado, de preferência repetir a dose e com mais intensidade. Mas se decepcionou com o desinteresse dele por um segundo tempo.

Enquanto ela estava no chuveiro, ele viu os celulares no chão entre as roupas abandonadas. Resolveu deixar um souvenir para a mulher. Com o aparelho dela, enquadrou e fotografou seu pênis.

Estava teclando no celular dele, quando ela reapareceu, procurando a calcinha.

— Consegui um Uber para você, gata.

Ela agradeceu, notando que era ele quem ia pagar a corrida.

— Já parou de chover? - Ela perguntou, abotoando o jeans.

Ele não soube dizer. Nem se interessava. Só não pretendia levar a mulher em casa.

Quando ela bateu a porta, ele se virou para dormir. Vida de *promoter* era assim. Tinha que se recuperar em plena tarde da noite em claro. Mesmo que, com a pandemia, as noites de trabalho, agora clandestinas, tivessem diminuído bastante.

A caminho de casa, ela já se esquecia da aventura na chuva. Pensou no garoto do prédio que não parava de se insinuar. Apostava que ele era virgem.

Recomeço

Era ali que ele ia recomeçar. De certa forma, graças à covid. A tia da colega vivia no pequeno apartamento antes de morrer com o vírus. Por isto, alugou o quarto e sala por um preço bastante camarada.

A sobrinha ainda deixou com ele todos os móveis. Nada novo, mas em condições de uso. Como andou internado com os mesmos sintomas, pediu que a louça e a roupa de cama ficassem. Não precisavam ir para o lixo.

Ainda sentia que existia no rastro dos outros, mas entendia a oportunidade. A meta imediata era sobreviver. Também à dor de ter perdido o maestro. E de não ter conseguido voltar ao lugar em que tinha sido feliz.

A mulher e o filho, ou a irmã e o sobrinho do músico, que mudaram a fechadura quando ele esteve internado, não podiam entender que ele realmente gostava de caras velhos. Ele mesmo nunca tentou entender. Haveria quem achasse que era porque não teve pai, criado pela mãe solteira. Mas o fato era que só achava conforto entre braços flácidos de outros homens.

Não atinou porque puseram numa de suas malas aquelas injeções. Talvez porque abominassem as ereções artificiais do parente próximo. Um insulto silencioso à relação dos dois?

Mas ele guardaria a única lembrança que lhe permitiram. Do amante gostaria de ter algo mais delicado e inocente. Talvez as bolas de cera embaladas em algodão que ele usava para fugir à barulheira louca do mundo. Mas essas a irmã deve ter guardado para seu uso.

Morar tão perto da favela não incomodava. Entendia que era mais uma razão para pagar tão pouco. Sempre foi vizinho da pobreza. Luxo só conheceu com o maestro. Sentiu saudade de música boa. Recordou o gosto do champanhe. Mesmo na taça de plástico no bar do teatro, no intervalo da ópera. Nunca tinha sonhado em ir à ópera. Pelo menos não morreria sem ter ido.

Ainda sentia certo cansaço físico, lembrança chata de quando esteve doente. Mas não tinha morrido como tantos e tantos outros. Ficou, contudo, com a sensação de desamparo da viuvez. Além do remorso. Ele se contaminou primeiro e passou o vírus para quem jamais poderia passar.

Só não chorava. Como não chorou ao andar pela cidade com suas duas malas, procurando vaga numa pensão.

Pensou na sorte de ter aquele tanquinho ainda funcionando quando foi colocar as roupas no varal. Não reprimiu a raiva ao recordar que elas tinham sido jogadas bem amarfanhadas nas malas. As malas pelo menos eram novas, presente do amado.

Ao pendurar a última peça, se sentiu observado. Da área do outro prédio olhavam para ele. Quis se afastar, sem graça. Só usava uma cueca, a favorita do maestro. Mas algo fez com que encarasse o outro.

Quantos anos tinha o vizinho? Sessenta e cinco? Setenta?

A mãe

Já era tempo de ver o filho vivendo sozinho. Por isso, ela o ajudou a ocupar o apartamento do irmão que o coronavírus levou.

Mas ficar longe dele estava sendo difícil. Sem o marido, tinha se acostumado há tempos. Mas o vazio que o filho único deixou era imenso. Entendia que ele queria ir adiante sem ela. Nunca foi mãe castradora nem possessiva. Só amava seu rebento mais que qualquer coisa na vida.

Os dois se falavam ao telefone, sendo que quase sempre era ela quem ligava. Vinha visitá-la pouco, embora ficasse em casa, trabalhando à distância. Tão cedo a universidade não retornaria ao normal. Mas ele sempre reclama que as aulas *on-line* são bem mais trabalhosas.

O apartamento do tio era antigo, espaçoso, confortável. Ele dizia estar gostando da nova vida. Ótimos móveis, obras de arte caras e de bom gosto. Felizmente agiram rápido e tiraram do caminho o garoto esperto que explorava um homem idoso.

Esperto mesmo, quase a enganou, fingindo ser quieto e dedicado ao parceiro. Mas o que ele fez, e era imperdoável? Passou o vírus para um velho. Com certeza para tomar posse do que era dele. Para ela, foi quase um assassinato e com intenção de roubo.

Felizmente, tudo deu certo. A advogada tinha entrado com os papéis da herança. A herdeira legal era ela. Portanto, ninguém tiraria seu garoto da nova casa.

Já tinham se livrado dos objetos menos interessantes dos antigos moradores. Uma instituição de caridade veio buscar aquilo que ela e o filho não quiseram. Muita gente pobre se beneficiaria da generosidade dos dois.

Ela ia aprender a sofrer menos, sabendo que o filho vivia a vida que planejou. No entanto, foi dormir preocupada porque ele não atendeu suas ligações. Pensou que ele saiu naquela noite. Correu para um bar com os colegas. Não era de ferro. Nem ela estava ao lado para pegar no seu pé e o advertir contra o perigo das aglomerações.

Ele tinha disso. A mania de escapulir em silêncio e voltar para casa sem dizer nada. Ela compreendia que os jovens têm direito às suas pequenas travessuras e seus segredos. Por isto tinha consciência de ser uma mãe moderna e um passo à frente das outras.

No outro dia, passou a manhã no jardim, cuidando das plantas. Nada a acalmava mais. Pois não poderia perturbar o garoto no momento de suas aulas.

Fez seu almoço, comeu e limpou a cozinha. Quando o telefone chamou, imaginou que era ele, mas não reconheceu o número. A voz lhe lembrou alguém. Claro, a vizinha enxerida que costumava frequentar seu irmão.

Foi ela quem a recebeu à porta. Parecia divertida com a situação. O apartamento revirado. De imediato, a mãe não pensou em verificar o que foi roubado.

— Chamei o porteiro quando vi a porta escancarada. Ele estava grogue. Nós o colocamos na cama. Ainda está dormindo – foi informada.

— Eu imagino quem fez isto.

— Ah, você já sabia?

— Claro, a criatura que morou aqui com meu irmão. Voltou para se vingar.

A outra riu.

— Não, era um sujeito muito mais forte. Já tinha vindo aqui antes. O porteiro que deixou o turno o reconheceu. Acabou comentando com o colega, quando os dois se encontraram. Viu quando subiram juntos de madrugada.

Foi puxada, antes de ir para o quarto do filho desmaiado.

— A prova está aqui na cozinha – disse a intrometida. – Num dos copos ao lado da garrafa de uísque.

— Prova de quê? Veneno?

— Não diga que nunca ouviu falar do golpe. Nunca aconteceria com seu irmão, que era bem comportado.

O que a sujeita queria dizer? Golpe?

Da voz da outra escapava o prazer dos que adoram humilhar.

— "Boa noite, Cinderela". Vão comentar muito por aí. Os alunos dele vão se divertir bastante.

— Eles não vão saber.

— Parece que ele se distraiu. O vídeo ficou ligado o tempo todo.

A mãe foi até a mesa com o *notebook* do filho. As carinhas curiosas, antes preocupadas com suas notas, não paravam de aparecer, enquanto novas janelas iam surgindo na tela.

O que já estariam sabendo, meu Deus?

Piração

Abriram as portas da piração, antes fosse da percepção. Ouviu dizer que drogas psicodélicas combatem a tristeza. Imaginou uma viagem à outra dimensão para aliviar o Hilário. Se o problema fosse com ele, embarcaria sem muito questionar. Jamais se arrependeu das coisas que fez jovem. Mas nunca lhe ofereceram um LSD.

Havia uma multidão deprimida por causa da pandemia. A frustração e a falta de ânimo provocando a onda contínua de ataques cardíacos. Com medo de que os pulmões não aguentem, o coração pifa.

Ninguém morreu no prédio, ou ele já estaria sabendo. Afinal, se evitava ao máximo sair, acabava por algum motivo tendo de por o pé na rua e cruzando com os vizinhos. Foi assim que foi informado da novidade que animou a turma de idosos do quarteirão. O fulano do prédio ao lado, depois que morreu a outra moradora, conseguiu! Já ia ser desintubado.

Aquilo era um alento para toda a faixa etária. Desconfiava dos mais jovens no prédio, dos quais conscientemente fugia. Quase não mudaram a rotina. Se passaram pelo vírus, sobreviveram sem alarde. Contudo, não tinha a menor curiosidade em saber daquelas vidas.

O mundo tinha criado mais uma divisão, ao separar do resto da humanidade o pessoal do grupo de risco. E ainda havia os adoradores e os contrários à vacina.

No andar acima dele, a maluquice deu as caras. As duas gêmeas que dividiam um apartamento fizeram aniversário. Mas fizeram questão de repetir as velas de 2019. Para mostrar como são atualizadas, "cancelaram" 2020. Desculpa para ficar menos velhas. Driblaram os oitenta.

Hilário, depois de muito tempo, ligou para ele. Falou de um chá de bebê, ao qual não pôde comparecer, para o futuro neto. O mundo ia ganhar outro Hilário. Ele é que não tinha muito para contar para o irmão, que, até que enfim, parecia menos deprimido.

Ainda estava assimilando o insulto. Uma das mulheres que se bronzeavam na laje da Katiúscia tinha gritado para ele: "Já tomou seu viagra, vovô?".

Decidiu que não olharia mais para aquele lugar. Quando quisesse observar o céu, as nuvens, a proximidade da chuva ou um raio em descompasso com os trovões, iria para a área de serviço.

Máscara roxa

Teria que passar pela dupla, bem na esquina de sua casa. O ufólogo e a mulher da máscara roxa. Pensou até em alongar sua caminhada, contornando a quadra, mas começaram a acenar. Não dava para evitar o encontro.

Tinha tomado birra do homem míope e baixinho. Descobriu que não queria saber de marcianos nem de uma invasão da Terra, por mais que os seres humanos merecessem uma lição. Povo e políticos estavam destruindo o planeta, que se afogava em lixo e começava a derreter de calor. O mundo começava a acabar debaixo do nariz de cada um.

Não estava a fim de ouvir papo de que a salvação dependia da boa vontade e da intervenção dos alienígenas. Da última vez que ele e o ufólogo se falaram, o homem estava bem estranho. Ao se lembrar disso, olhou o passeio em torno para ver se não havia nenhuma pegada suspeita pela rua.

Mas não pôde manter a vista baixa. A mulher o olhava como se ela fosse uma cobra.

Ia parar só um minuto com os dois. Daria uma desculpa para justificar que estava com pressa.

Quando o homem lhe apresentou à mulher, ela disse que sempre se cruzavam nas caminhadas pela vizinhança. Ele se lembrou da máscara roxa, mas não tinha perdido tempo em reparar na sua dona.

— Nossa amiga é taróloga – comentou o baixote.

Graças a ela, ficou sabendo, finalmente, que o nome do camarada era Jorge. Deu um jeito de não dizer o dele.

Ela tirou do bolso um cartão de visitas, ainda querendo hipnotizá-lo com seu olhar de sucuri.

Estava escrito no papel que parecia ter sido digitado por ela mesma: "Tarô. A voz do astral". O endereço era bem perto.

Guardou o cartão logo e, instintivamente, fechou as mãos. Tinha se confundido. Pensou que, no lugar de botar cartas, ela lia as linhas da vida e do destino.

Comentou que a quiromancia era fascinante e já ia se despedir.

— Se estiver interessado, posso examinar também sua mão. Não vou cobrar a mais, além da sessão de tarô.

Foi se retirando, sem explicação nenhuma, e caminhou para casa, enquanto se sentia observado.

No dia seguinte, a diarista o surpreendeu com um bolo de chocolate muito bom. Mas ela explicou que alguém tinha trazido.

— Uma mulher mascarada, nunca vi mais gorda.

Ele fez com que ela levasse o resto do bolo, dizendo que não pretendia engordar.

Por via das dúvidas, mudou o trajeto de sua caminhada. Iria evitar outras surpresas. Mulheres que se dispunham a ler o destino eram ciganas ou bruxas. Não queria se meter com gente esquisita.

Depois da sesta, no começo da tarde, escutou a campainha. Deixou que tocassem de novo, mas, curioso, foi até o portão.

Ela voltou. A mesma máscara. E um outro bolo.

Aconteceu

Tocaram a campainha com insistência. Verdade que ela não estava escutando tão bem, mas a pessoa no corredor do prédio devia pensar que estava muito surda.

Era o Rivaldo. Ela não gostou muito do que ele tinha feito. Poderia ter sido mais educado. Por isso, falou:

— Entra, Romário. Não fica aí parado.

Ele tremia muito. Ela entendeu que algo aconteceu. Mandou que ele se sentasse e buscou água na cozinha.

— Agora me conta. Que assombração você viu?

— O casal aí de cima. Não escutou os gritos dela?

Disse que estava vendo televisão. Omitiu que tinha cochilado. Provavelmente custou a perceber a campainha.

— A agressão começou no elevador. Eu acompanhei pela câmera.

— Ah, isso não se faz!

Ela censurou só a agressão, aceitava que o porteiro espionasse os moradores. Principalmente numa situação daquelas.

— Quando chegaram ao andar, a mulher não quis sair, mas ele foi puxando *ela* pelos cabelos e dando nela umas joelhadas. Parecia cena de luta livre nos canais de esporte.

— Que covarde!

— Então ela olhou bem para a câmera e gritou "socorro!".

— O que você fez, Rivaldo? – desta vez usou o nome certo.

— Fui até lá e toquei a campainha. Escutei o barulho de coisas caindo e ela gritando "me ajude!".

— E aí?

— Os ruídos foram ficando mais longe. Depois pararam. Vim até aqui pela escada. Tinha de contar logo para alguém.

— Hora de chamar a polícia, Rivaldo.

Como ele continuava tremendo, ela ligou do próprio celular. Ainda bem que o porteiro tinha o número.

Aos poucos ele ia recobrando a cor e repetindo, enquanto recolocava a máscara que tinha descido para o pescoço:

— Aquele babaca! Aquele babaca!

Disse para ele voltar à guarita e esperar pela polícia, depois de oferecer mais água. Fora de seu posto, Rivaldo não iria ver o homem deixando o prédio pela garagem.

Ela só queria lavar as mãos. Com sabonete ou bastante álcool, mas teve um estremecimento e se benzeu logo que voltou à sala. Aquele barulho... seria um tiro?

Quando interfonou para a portaria, Rivaldo levou tempo para atender. Tinha demorado a voltar, pois ainda passou no banheiro. Não, não ouviu nada parecido com um tiro.

O churrasco

Estava irritada com a sobrinha. Era para ser um fim de semana a três, incluindo o namorado da jovem. Com um homem em casa, ela, na verdade, se sentia mais segura. Mais uma dose de confiança, além do muro alto e da cerca elétrica.

Agora só vinha em feriado e acompanhada. Os pesadelos custaram a passar. Tinha deixado o demônio entrar em seu refúgio. O monstro, quando a despertava no meio da noite, não tinha olhos vermelhos, mas verdes. Não tirava o capacete para que ela não visse seus chifres tortos de bode.

Ele não foi pego. Ninguém sabia dele. Asseguraram que nunca voltaria ao condomínio. Ela comprou outro celular e uma televisão menor. O irmão e principalmente a sobrinha a convenceram a tirar a placa de "vende-se" diante do chalé.

O irmão queria que ela perdesse o trauma e veio com ela da primeira vez. A sobrinha veio depois e, então, não se mostrou animada. Tinha um medo tolo dos micos, que, se dessem bobeira, faziam uma festa na despensa.

Só que logo apareceu o namorado. Ele inventou aquele churrasco e nem avisou que tinha convidado um casal desconhecido. A dona da casa se queixou com a sobrinha. Não queria aglomeração no condomínio nem se indispor com os vizinhos, implicantes com barulho e música alta.

A garota retrucou que era pouca gente. O namorado teve o desplante de dizer que churrasco só para três não tinha graça. Mas o casalzinho logo que chegou foi tirando as máscaras e ocupando o lugar como se fosse deles. Ela os convenceu a não ligar a música do carro. Era proibido pelo regulamento local.

Tinham se esquecido do carvão que ficaram de trazer. Ela telefonou para o mercadinho. Mandariam entregar.

O namorado implicou com a demora e disse que ele mesmo ia buscar. Que fosse, ela começou a torcer para o namoro não dar certo. Mas ele era mais de reclamar e nem saiu do lugar. Falante e preguiçoso.

Estava procurando toalhas para os hóspedes que já haviam se apossado da piscina, quando foi chamada:

— Tia, o entregador quer falar com você.

Teve de fazer seu exercício de respiração. Foi um entregador quem a assaltou. Primeiro foi levar as toalhas. Precisava se acalmar. De se dar um tempo para enfrentar o intruso.

Ouviu homens discutindo. O futuro genro de seu irmão (tomara que nunca!) mandava o rapaz embora. Ele insistia em falar com ela.

— Sou eu que costumo limpar a piscina – tentava explicar.

Tinha tirado o capacete. Ela reconheceu o cavanhaque, as sobrancelhas.

— Você?

— É, eu voltei. Na terça, tenho folga. Posso vir?

Ela pediu que fossem deixados sozinhos. Esperou que o outro entrasse na casa. O rapaz a olhava, ansioso. Tentou convencê-la com um sorriso hesitante.

Em silêncio, muito séria, ela pensava. Teria coragem? Voltaria sozinha ao condomínio num dia de semana?

Por que não? Era a chance de se livrar do medo. E de retomar para si o chalé. Sem mais churrascos, sem chatos, sem estranhos se juntando na pandemia.

— Pode vir no começo da tarde?

O sorriso se abriu.

— Claro, combinado.

Ele pretendia ficar a tarde inteira. Limpava a piscina e depois não sairia dela tão cedo.

Já ia embora, quando ela pediu para ele esperar, indo para perto dele.

Quase num sussurro, pediu:

— Não esquece a camisinha.

Sufoco

O Rivaldo estava informado de tudo. Ficou famoso por causa do tiro. Não teve canal de televisão que não o entrevistou. Virou ídolo entre os porteiros dos outros prédios. Tinha acesso aos jornalistas e fez amizade com o pessoal da polícia.

Curiosos sempre passavam e paravam perto de sua guarita. Era fácil para qualquer um identificar a janela do escândalo. A bandeira nacional continua lá, cada dia mais desbotada.

Ele, por dentro dos detalhes da história, satisfazia a curiosidade do garoto. O marido babaca prometeu se apresentar à delegacia de homicídios, segundo o advogado espalhou. Não, ela não tinha morrido, embora continuasse no hospital.

O marido, apesar de treinar tiro e colecionar armas, estava nervoso e acabou acertando a mulher na coxa. Ela ia andar, mas mancando. O menino já torcia para que mancasse bem pouco. E por pouco tempo.

O advogado do vizinho – contou Rivaldo – era uma figura louca para aparecer na mídia. Para incriminar a vítima, fez circular na internet o motivo do crime.

Uma foto das partes íntimas do amante, obtida no próprio celular da incauta, que não apagou o indício contra ela. O marido espionou o aparelho e descobriu. O prédio inteiro já deve ter visto. O garoto se recusaria à bisbilhotice. Ela não merece tanta humilhação.

E não é que a ex-mulher do fulano reconheceu aquele pênis desgraçado? Pois então, as redes sociais só comentavam que o pivô do crime era um *promoter.* Que, além do mais, organizava festas clandestinas durante a pandemia.

Agora estava muito visado. E sem participar de aglomeração, sem mesmo aparecer em público. Mas seu silêncio podia ser quebrado a qualquer hora. O delegado – que embolava as palavras diante dos microfones – o convocou para depor. Mais um querendo ficar famoso.

Enquanto o modelo daquele *nude* rezava para ser esquecido, o público só queria ver quem ele era. E aguentava, enquanto isso, o policial fazendo suspense.

Rivaldo ainda guardava uma informação privilegiada. A irmã dele trabalhou no lugar onde a vizinha se bronzeava. Ela não fazia segredo entre as outras clientes de suas aventuras, várias.

O garoto falou para ele não espalhar aquilo. Só ia complicar a irmã do porteiro, que seria chamada para testemunha, favorecendo o quase assassino. A esposa traía e nem fazia segredo. O advogado, tão malandro, iria defender e até justificar o tiro.

Mulheres militantes estavam indignadas com o marido ainda fugido, bradando contra a tentativa de feminicídio. Um grupo ficou horas na frente do prédio.

Nesse dia, o rapaz cruzou com a velhinha que sempre escapava da imprensa, ainda atrás de uma entrevista, pois tinha sido ela quem chamou a polícia.

— Ê mulherada agitada. Nosso prédio está parecendo a entrada do Palácio da Alvorada. Só falta o bate-boca.

E enquanto escapulia para o elevador, ainda disse:

— O Romário que não se meta a bancar o presidente. Eu quero meu sossego de volta.

Os parentes do cara babaca vieram buscar as coisas dele. Não voltaria para o prédio. Ninguém veio pegar nada dela. Sinal de que qualquer dia ela volta.

O menino começou a esperar muito esse dia.

Lágrimas

Por que as coisas, quando pareciam se encaminhar para a normalidade, davam para trás? Tinha sido tão bom na praia, ela e João Carlos ao sol, como nos velhos tempos. Ela adorava a cor saudável que tinha voltado à sua pele.

Mas estava impedida de ir ao shopping para comprar seu presente de aniversário. Queria pelo menos um vestido novo. Há quanto tempo não tinha roupa nova? O Natal tinha sido uma bendita exceção, mas seu guarda-roupa já estava ficando sem opções.

Por que esse vai e vem, abrindo e fechando o comércio? Tinha pena dos lojistas. Trabalhar, levar a vida adiante virou puro estresse para eles.

Aniversário com roupa velha ia contra toda a história de sua vida. Será que acertaria num modelo pela internet, correndo o risco de não gostar e passar pelo aborrecimento da devolução? Mas nem ia dar tempo. O aniversário tinha chegado!

Estranhou o telefonema de Ananda. A filha não a cumprimentou. Já veio azeda. As funcionárias de seu salão de beleza falido entraram na justiça. Tudo articulação daquela tipinha, uma manicure das mais malandras. Sabia que todas estavam nadando na grana do auxílio emergencial. Nenhuma procurou outro emprego. E Ananda tinha mais notícia ruim.

Seu marido, o Júlio, estava com o cargo ameaçado, na informática do Tribunal. Vieram lembrar a ele que não era concursado. E seu tio juiz já estava aposentado há um bom tempo. Tudo por causa de uns *hackers* que invadiram o site do órgão e encheram de pornografia os perfis dos magistrados.

Antes de desligar, ignorando o aniversário da mãe, Amanda falou que tanta coisa ruim só podia ser trabalho daquele cabeleireiro macumbeiro. Ele mesmo a tinha levado ao terreiro. Pena que ela não sabia voltar naquele fim de mundo para pedir à mãe de santo que desfizesse a macumba contra ela.

Hellen se benzeu. Iria fazer uma mentalização diante de seus cristais, pedir a proteção do anjo da guarda. Também podia voltar a consultar a taróloga. A consulta tinha sido tão proveitosa. Saiu de lá convencida de que tudo ia dar certo em Cabo Frio.

Shandar e Ravi já tinham esquecido outros aniversários. Agora tinham a desculpa de que trabalhavam para ajudar as mulheres, sócias no fornecimento de marmitas. De gerentes de banco a entregadores de comida, que coisa impensável há pouquíssimo tempo. E tinha certeza de que as noras não iam mandar nenhum prato especial pelo seu dia.

Mas o João Carlos, por que não tinha vindo falar com ela? Precisava de seu abraço. Onde o marido tinha se metido? Foi encontrá-lo na frente do computador, fazendo contas. Sem nem olhar para a mulher, soltou o mau humor:

— O dinheiro não vai dar. Ou pago o seguro do carro ou o IPTU.

Ela refletiu que a vida de aposentado ia ficando cada vez mais apertada. Desconfiou de que não deveriam ter viajado para o litoral. Ele nem percebeu que ela entrou no escritório. Saiu com a mesma invisibilidade.

Achou que ele não a procuraria no *closet*. Escondeu-se entre os cabides com seus vestidos usados. Não ia ter presente nem aniversário. Chorou como se fosse criança.

A marca na parede

Acordou de madrugada. Nem imaginava qual era a fase da Lua. Mas um clarão com um difuso tom de prata iluminava seu quarto. E o que viu na parede à sua frente? A pegada. Exatamente igual às que já tinha visto pelas ruas do bairro.

Estranhou não ficar apavorado. Então, eles de fato existiam e queriam falar com ele. Por isso mandaram o emissário. Mas onde o alienígena se escondeu? Por que não havia deixado outras marcas de sua passagem?

Bem lá no fundo de sua consciência, uma revelação ia se insinuando. Ele estava farto da humanidade, considerava a aventura humana na Terra um fracasso irremediável. Andava comentando com quem quisesse ouvir que nós não merecemos o planeta em que nascemos, já que nos dedicamos, dia após dia, a envenenar o ar e a água.

E vamos dizimando florestas ou arrasando o solo, raspando todos os minérios da natureza, gananciosos, entregues à nossa vocação para a rapina, enganando a nós mesmos com nossa inteligência despreocupada e tão limitada.

Alguém importante, de fora da Terra, ficou sabendo o que ele pensava, viu nele uma potencial parceria e estava preparando o contato. Tão pouco adaptado à coletividade, não passava de uma criatura desgarrada. Não teria alma terráquea. E se fosse um venusiano, um mercuriano extraviado de seu habitat?

— OK, podem vir. Estou pronto para uma conversa – falou com a pegada na parede.

Imaginou novas pegadas descendo pelo teto, mas o que veio foi uma brisa agradável e ficando mais intensa. Teria deixado a janela aberta? Ou, o que era mais certo, eles a abriram do lado de fora.

A invasão da casa se deu por centenas de paraquedas roxos. Lembravam um brinquedo de sua infância que um vento mais forte carregou para longe e, até então, para o esquecimento. Iam chegando mais perto, e ele pôde decifrar os rostos das criaturas.

Eram miniaturas humanas, metade usava óculos. Mas todas tinham os mesmos olhinhos apertados daquele homem míope, o ufólogo do bairro.

As formas roxas dançavam lentamente pelo quarto. Foram se desmanchando, atingidas pela luz do Sol que nasceu e se firmou bem rápido. Os homenzinhos se desintegraram, mas a mancha na parede, mesmo imóvel, ganhou vida. Uma lagartixa. Com olhos bem grandes. Reptilzinho desagradável.

Não parecia um sonho. Talvez uma alucinação. Não devia ter comido o bolo de chocolate. Não devia ter aceitado ajudar a taróloga de poucos clientes, precisando sobreviver na pandemia. Dissera que ela poderia lhe trazer um bolo toda semana. O próximo, de laranja ou de cenoura.

Mas não ia deixar que ela interrogasse seu destino. Nem pelas cartas, muito menos pelas linhas da mão. Ela concordou. Confessou que era melhor confeiteira do que adivinha.

De repente sentiu vontade de falar com ela. Ou então com o ufólogo. Eles deviam conhecer alguém. Precisava entender seus sonhos. Precisava conversar com um decifrador de sonhos.

Viagra

Passou a conviver com um começo de esperança. O isolamento podia estar acabando. A vacinação à vista. Era só esperar a sua vez.

Não queria admitir o medo da morte, mas o espetáculo que o mundo inteiro oferecia, contando recordes de hospitalizados e novos ataques do vírus com suas ameaças de mutação, lhe provocava uma incrível ânsia de sobreviver.

Teria, contudo, de se proteger do contato com os jovens. Até voltava a pensar em sexo. Talvez por causa da mulher seminua gritando para dentro de sua casa: "Já tomou seu viagra, vovô?".

Tinha se prometido não olhar mais por aquela janela. Melhor ir até a área nos fundos. Respirar em paz o ar da noite, verificar se não ia chover ou se alguma estrela insistia em enfrentar as nuvens.

O céu ainda se coloria daquelas tonalidades de final do dia. A luz se acendeu no prédio em frente, vazio desde que a mulher que morava ali morreu. De covid, claro.

O rapaz que ele não conhecia distribuía pelo varal roupas que tinha lavado. Usava uma sunga bem pequena. Teve de reconhecer o frescor e a juventude vindos daquele corpo.

Veio à memória um corpo bem mais jovem. Mas, sim, o morador do outro prédio tinha algo do Hilário. Nunca mais tinha pensado no troca-troca que fazia com o irmão.

Quando foram ficando mais velhos, pararam com aquilo. Hilário foi o primeiro a se afastar. Ainda teve saudades do que ele e o irmão faziam em segredo por um certo tempo. Até tudo se tornar o silêncio que o tempo selou.

E se tornaram dois homens casados. Hilário por duas vezes. Teve uma filha e ia ganhar um neto. Já o casamento dele durou pouco, mas não teve mais interesse por outro homem.

Agora sentia que o rapaz, quase tão despido quanto as mulheres que frequentavam a laje do outro lado, revolvia uma sensação que não estava tão morta.

Quando o jovem se voltou e surpreendeu seu olhar, deveria ter abandonado a janela.

Mas ficou. À espera das reações do outro.

Um sorriso de contentamento, não esperado. Em seguida, um gesto com a mão, para que aguardasse. Sumiu por uns instantes e voltou com um pedaço de papelão onde rabiscou algo. Estava lhe passando o número do apartamento.

Quando tocou o interfone daquele prédio velho e sem porteiro, sentiu o coração acelerar e a vontade de fugir. Mas, seguindo pela escada, pois não existia elevador, chegou ao andar correspondente ao seu.

Não esperava ser recebido daquela forma. Teria vindo parar no covil de um garoto de programa? O garoto sabia lidar com idosos. Perguntou se gostaria de um viagra ou de uma injeção.

Explicou que seu antigo companheiro não se dava bem com viagra. Pois escolheu o viagra e viu que não lhe fazia mal nenhum, pelo contrário.

Quando terminaram, perguntou o preço. O garoto pareceu ofendido. Olhou em seus olhos, mas sem coragem de terminar o gesto de carinho que ficou no ar.

Apenas disse, cheio de languidez:

— Promete que vai voltar, papai.

Ele prometeu, mas pediu:

— Sem essa de me chamar de papai, muito menos de vovô.

O outro o conduziu até a porta e perguntou.

— Posso saber seu nome?

— Ildeu.

Hilário e ele foram vítimas de *bullying* na adolescência. Acabou se acostumando com as piadinhas idiotas com as rimas com seu nome.

Os pombos

Diziam que as pessoas que alimentavam os pombos, como eram mais velhas, não estavam saindo de casa, obedecendo ao confinamento imposto pela pandemia. Por isso eles passaram a entrar nos prédios.

A mãe do garoto achou os três ovos na jardineira de cimento onde tinha desistido de plantar flores. Viram o espaço vazio e não hesitaram em ocupar. Pôs os ovos na mão do filho e mandou que desse fim a eles bem longe do edifício.

Rivaldo viu quando ele passou e até mostrou o que ia levando. Atravessou a rua, foi para a outra esquina, olhou em torno. Não ia subir em nenhuma árvore. Nem ia achar um galho em que os ovinhos se equilibrassem sem cair. Se ao menos encontrasse um ninho vazio, ainda pensava, quando viu o buraco num tronco mais adiante.

Foi ali que eles ficaram. Não quis imaginar se algum instinto de mãe e fêmea os encontraria. Que a sorte se manifestasse, mas o mundo, na verdade, não precisava de mais três pombos.

Quando voltou, o porteiro se lembrou do que tinha se esquecido de contar. O apartamento do tiro – que o marido acertou na mulher que o traiu – tinha ficado com uma janela aberta. Pombos entraram e fizeram a festa.

O garoto sentiu muita pena, a mulher no hospital, ainda se recuperando da tentativa de assassinato daquele imbecil. Imaginou o poleiro em que tinham transformado a cama. E quantas manchas endurecidas, esverdeadas e esbranquiçadas sobre a colcha com pintas de onça.

Ele se dispunha a limpar para ela. Quando chegasse, com certeza ainda mancando, encontraria o quarto, a casa todinha cheirosa. Usaria aquele produto de sua mãe que perfuma o ambiente.

Perguntou ao Rivaldo se ele não tinha uma chave do apartamento.

— O babaca do marido voltou aqui e levou.

Aí ele se deu conta de que, quando voltou ao prédio, não tinha visto a bandeira enorme fincada na janela da frente. Então ele estava solto e ainda voltou ao local do crime.

— Mas levou as coisas dela?

— Tudinho. Só deixou para quem vier morar lá muito piolho e titica de pombo.

— Ele não podia. Ela se separou.

— Podia sim, ela autorizou. E também já saiu do hospital.

— Foi para onde?

— Viver com o marido. Fizeram as pazes.

— O que ela tem na cabeça?

— Titica de pombo – e Rivaldo deu uma gargalhada.

Era uma pena que ele não tinha mais a chave. Claro que o garoto voltaria lá. Não ia mais limpar o chão ou os móveis que nunca mais iria tocar.

Só queria ver tudo pela última vez. E tiraria uma foto do quarto. Mesmo sem a cama, sem a colcha. Sem os lençóis com o cheiro dela.

Não iria esquecer. Ela foi uma onça naquela tarde e ao mesmo tempo sua primeira mulher. Pena que o arranhão em suas costas ia começando a sumir.

O enforcado

Ficou tentada a colocar seu anel na massa do bolo. De laranja, ele tinha pedido. Talvez entendesse que ele agradava a ela. Era a mensagem roubada do velho conto que ele deveria conhecer.

Mas corria o risco de ser mal compreendida. De que ele voltasse a ter medo dela e suspendesse de vez a encomenda semanal.

Estava se tornando algo que jamais imaginou. A confeiteira que adoçava a vida dos confinados. Com pouco açúcar, até com adoçante culinário, para não agravar a diabetes de ninguém.

Tão poucos procuravam as cartas, e ela precisava sobreviver. Já era difícil se submeter à solidão forçada. Poderia se juntar àquele homem, mas ele claramente temia a vida e uma companhia como a dela.

Alguns a viam como bruxa. Podia tirar partido da fama e até cultivar o medo que inspirava. Não se considerava uma farsante, só tinha perdido a prática.

Nos velhos tempos estudou com afinco o simbolismo das cartas. Assumia o discurso de que eram janelas abertas para o inconsciente. Só não era fácil entender algumas mensagens. Mas estava desenvolvendo o jeito de abordar seus clientes com segurança, sem que percebessem quando ela se perdia diante das insinuações dos arcanos.

Então foi vítima da armação da própria tia, ratazana de igreja. Contou para um padre o que ela estava fazendo da vida, e o homem veio vê-la, disfarçado de cliente.

Adorou verificar que ela não tinha como reconhecê-lo nem foi alertada pelo jogo que surgiu diante deles. "Embusteira!". Foi a primeira palavra vomitada por aquela boca cheia de ira e saliva.

Perguntou se ela não se arrependia de mentir para as pessoas a troco de dinheiro. Foi ameaçada de excomunhão, se não aparecesse no templo para se confessar.

Não foi, não iria se humilhar mais e ficou para sempre magoada com a tia. Logo depois, a amiga evangélica se intrometeu. Tarô – disse – era coisa do Diabo. Ele mesmo não aparecia no meio do baralho?

Brigaram feio, porque ela acusou os pastores, aqueles que tinham multidões de seguidores, de operar falsos milagres. E usou contra eles a mesma acusação que sofreu do padre. Tiravam dinheiro dos incautos.

Foi abandonando a profissão, abalada com os ataques inimigos. Durante anos gerenciou uma casa de chá. O negócio não resistiu à pandemia.

Voltou às cartas. Teria de melhorar bastante se fosse continuar. Estudaria com afinco. O tempo estava sobrando. Só precisava de mais disposição e coragem. Foi quando teve o sonho.

Acordou pensando na figura da carta 12. O Enforcado. Pendurado de cabeça para baixo, mesmo assim executando um passo de dança. Mas surgiu para ela nu e ensanguentado. Era, na verdade, um recém-nascido, seguro pelos calcanhares, pronto a receber uma palmada.

Angustiada, torcia para que ele chorasse, enchendo de ar seus frágeis pulmões.

Um ninho

Pensei que era só cisco acumulado e trazido pelo vento. Mas foi crescendo, apoiado naquele vegetal que eu não identifico, próximo dos cactos e das suculentas.

Como tantas pessoas, criei o hábito, neste retiro forçado e interminável, de observar da janela o que o mundo me permite ver. Por isto, acompanho a resistência da planta esquecida na cobertura onde viveu uma mulher muito barulhenta, amante de festas e de vinho.

Está mais amarela, mas ainda longe de definhar. Foi assim que percebi nela o surgimento do ninho, lembrando uma xícara sem asa.

Quem constrói é um beija-flor. Por pequeno que seja, mal vai conseguir se acomodar ali. O corpo vai ficar meio apertado, quando tiver botado os ovos e for chocar os novos passarinhos. Suponho que seja uma fêmea.

No momento não está por perto. Nem sempre me aparece. Mas, para minha surpresa, estive cara a cara com outra frequentadora do mesmo lugar. Do tempo quando era habitado.

Ela migrou para o meu prédio. Só a reconheci pelo uniforme. Que não sei quanto tempo vai continuar usando. Está trabalhando para um casal de fazendeiros, que sempre se ausenta nos finais de semana. Da roça traziam as mulheres para o serviço doméstico.

Eram todas aparentadas, e nenhuma se vestia daquele jeito. A última tinha os cabelos bem brancos e, com certeza, se aposentou. Imagino que a nova geração não queira trabalhar para os fazendeiros do prédio nem habitar as sempre escuras dependências de empregada.

De alguma forma meus vizinhos conheceram a atual funcionária e a trouxeram para cá. Do mesmo jeito que a antiga, ela sai para passear com o cachorro, bem velho e enxergando pouco.

O cachorro ainda não se acostumou e costuma resistir ao comando da mulher, que se mostra muito orgulhosa do avental. E ignora que sua roupa se tornou tão pouco valorizada quanto o elevador de serviço.

Nunca falou comigo, como gostava de fazer a antecessora, alegre e tagarela.

Mas fico satisfeito que ela exista e esteja por perto. Eu até gosto de meus personagens. Alguns me irritam porque são bem difíceis de conviver e estão sempre atrapalhando os demais.

Todos me parecem tão possíveis, como um beija-flor criando seu abrigo em um vaso abandonado à própria sorte.

A imaginação é também despertada pela persistência da vida. Apesar de tudo. Apesar de nós.

Sobre o autor

foto Thiago Martins

Lino de Albergaria vive em Belo Horizonte, dando continuidade a uma trajetória ligada aos livros, incluindo a editoração, a tradução, a resenha crítica e o estudo da literatura.

Há mais de trinta anos vem publicando uma longa obra destinada ao público juvenil. Tem também produzido para os leitores adultos, sobretudo romances.

No catálogo da Quixote+Do, está presente com *O homem delicado* (romance, 2019) e *A rede da memória* (microcontos, 2021).

MISTO
Papel proveniente de fontes responsáveis
FSC® C092828
FSC www.fsc.org

PRINTED WITH SOY INK®